韓國의 漢詩 3

益齋 李齊賢 詩選

한국의 한시 3

익재 이제현 시선

허경진 옮김

평민사

머리말

　이제현이 모셨던 왕들의 이름이 대부분 충(忠)자로 시작되거니와, 그러한 사대주의적 '충'과는 다른 의미에서 그는 '충'의 시인이다. 우리나라의 많은 작가들이 충을 바탕으로 생활하였지만, 그러한 신념이 처절하게, 그러면서도 자연스럽게 문학으로 나타난 경우로는 이제현이 그 으뜸이다.

　그는 여섯 명의 왕을 섬기면서 네 번씩이나 정승에 오른 정치인이었고, 성리학을 처음 배우고 전한 학자였으며, 그러한 경륜이 문학적 감성과 어우러져 많은 작품을 남긴 시인이었다. 그러나 그의 글이 아름답지만은 않았다. 우리의 왕이 원나라의 횡포에 의해 부끄러움을 당할 때엔 그의 글이 그 부끄러움을 씻어 주었고, 우리나라의 강토가 원나라의 한낱 정동행성으로 복속되려던 순간에도 한 자루 붓으로 우리의 주권을 지켜 내었다.

　"그 나라는 그 나라에 맡기고, 그 백성은 그곳 백성끼리 살게 하라"《중용》에 있는 이 구절을 그때 정치가·학자·문인들이 모두 알고 있었지만, 그는 이 구절을 글 속에 써서 용감하게 대원제국과 맞선 것이다. 그는 이 글로 탄압을 받은 것이 아니라 오히려 그들에게서 존경을 받았다.

　그는 충선왕을 따라다니면서, 북쪽 오랑캐 땅만이 아니라 남쪽 오(吳)와 촉(蜀) 땅까지도 두루 돌아보았다. 또 중국에 오래 있었으므로 그들의 말만 익힌 것이 아니라 시에 있어서 중요한 성률(聲律)까지도 그곳 시인들처럼 체득하였다. 이처럼 우리나라의 다른 시인들이 지니지 못한 장점을 지녔기에, 그의 시는 폭이 넓고 또한 그 깊이가 깊었다.

특히 성률을 중요시하는 사(詞)에 있어서는 그가 우리나라 최고의 작가라는 것이 정평이다.《익제난고》권10에도 수십 편의 사가 실려 있었지만, 사를 전공하지 못한 역자로서는 그 소리의 아름다움을 제대로 살릴 수 없어서, 감히 손대지 못했다. 더 좋은 기회를 기다리기로 한다.

우리나라 대부분의 시인들이 유학을 바탕으로 했다지만, 실제 유가(儒家)의 문학사상을 체득한 대표적 시인은 이제현이었다. 그의 시에 나타난 주제는 글자 그대로 애국·연민이었으니, 그를 '한국의 두보'라고 불러도 좋을 것이다.

이 책에서는《익제난고》권1부터 권4까지 실린 시들을 우리 글로 옮겨서 1부로 엮었다. 권4에 실린 〈소악부〉 11수는 《고려사》〈악지〉에 소개된 설명까지 곁들여서 2부로 엮었다. 그에 관한 〈연보〉와 〈묘지명〉은 부록으로 돌렸다. 해설을 써주신 유풍연 교수께 감사드린다.

— 1987년 초가을에
　허경진

차례

7

부록

봉주(鳳州)의 용추(龍湫)에서
鳳州龍湫

산 앞엔 푸른 바위 사립문처럼 열렸고
바위 아래 깊은 못은 만 길도 넘어 뵈네
환히 스며든 햇살은 어지러이 반짝이고
싸늘한 숲 그림자 고요하게 깔렸어라
이 백성 모두들 은탕(殷湯)이 가뭄 적셔 주길 바라니
저 재상들 가운데 그 누가 부열(傅說)의 장마 되려나[1]
튀어 오르는 고기새끼 들여다보지 마소
웅덩이 속 용이 사람 마음 떠보는 거라오

山前翠石雙扉啓、　　　石底澄潭萬丈深。
明浸日光紛閃閃、　　　冷涵林影淨沈沈。
斯民政要滋湯旱、　　　彼相誰堪作說霖。
出沒魚兒休察見、　　　龍應先遺試人心。

■
* 봉주는 지금의 중국 섬서성 봉현(鳳縣)이다. 용추는 폭포가 떨어지는
　바로 밑에 있는 웅덩이다. 용소(龍沼)라고도 한다.
1) 은나라 탕임금 때에 7년 가뭄이 있었다. 부열은 은나라 고종(高宗) 때
　의 어진 재상인데, 고종이 그에게 "만약 크게 가물면 네가 장맛비가 되
　어라"고 하였다.

우리 임금을 위로한다고
楊安普國公宴太尉瀋王于玉淵堂

호수 위에 화려한 정자 예전부터 들어왔지
태수가 잔치 열어 우리 임금 즐겁게 하네
수천 동이 술일랑 새 그린 술잔으로 따르고
이팔청춘 미녀들이 푸른 치마로 춤추네
연꽃 향내 속에서 지나가는 빗소리 듣고
줄풀 부들풀 사이로 뜬구름도 보았지
피리소리 그치지 않고 수레소리 말발굽소리 떠들썩한데
멀고 먼 서산으로 벌써 해가 지려네

湖上華堂愜素聞。　　　國公開宴樂吾君。
十千美酒鸕鶿杓、　　　二八佳人翡翠裙。
菡萏香中聽過雨、　　　菰蒲影際見行雲。
笙歌未歇輪蹄鬧、　　　漠漠西山日欲曛。

정흥 가는 길에서
定興路上

비 개인 뒤라 진흙길 질척질척해서
오똑하게 안장에 앉아도 팔다리가 흔들리네
편안히 지낸대서야 사내의 뜻 어찌 이루랴만
멀리 떠돌다 보니 부모께 걱정 끼쳐 부끄러워라
들뽕나무 우거져서 바람도 적게 불고
마을 나무 아득한데 해는 더디게 지네
어서 빨리 돌아가 임금님께 아뢴 다음
닭 잡고 잡곡밥 지어 옛 친구도 만나리라

雨餘泥滑路逶迤。　　兀兀征鞍撼四支。
安坐豈償男子志、　　遠遊還愧老親思。
野桑翳翳風來少、　　村樹茫茫日下遲。
早晚歸來報明主、　　却尋鷄黍故人期。

■
＊ 이때 성도(成都)로 가고 있었다. (원주)

중산을 지나다가 창당의 옛일을 생각하며
過中山府感倉唐事

창당은 어떤 사람이었나
위나라의 공자를 모신 신하였지
시에도 돈독하고 예에도 밝아
깊은 말이 모두 인륜에 맞았었지
한마디 말로 자기 임금 깨쳐 주자
멀리했던 아들이 다시 어버일 가까이했네
고금의 역사 속에
누가 그대와 나란히 설까
지극한 정성으론 적인걸[1]을 말하고
순전한 효도로는 봉인[2]을 칭찬해 왔지

■ .

* 전국시대 위(魏) 문후(文侯)가 아들 격(擊)을 중산에 봉했는데, 격이 3년 동안 아버지를 찾아가지 않았다. 격의 스승 창당이 "아버지는 아들을 잊을지언정 아들이 아버지를 잊어서는 안 된다"고 간했다. 격이 "생각은 오래 되었지만 보낼 사람이 없다"고 핑계대자, 창당이 "보낼 사람이 없으면 내가 가겠다" 하였다. 결국은 격이 효도하였다.

1) 당나라 측천무후가 아들 중종을 폐위시키고 자신이 직접 나라를 다스렸다. 재상 적인걸이 자주 모자간의 은정을 말하자, 측천무후가 깨닫고 방주에 쫓겨가 있던 중종을 불러다 다시 임금으로 삼았다.

2) 봉인(封人)은 국경을 맡은 관리이다. 춘추시대 정(鄭) 장공(莊公)은 어머니 무강(武姜)과 사이가 나빴는데, 어머니가 아우 태숙단(太叔段)을 시켜 반란을 도모했다. 장공은 "어머니와는 황천에 가서나 만나겠다"고 했다. 이 소식을 들은 봉인 영고숙(潁考叔)이 장공을 찾아가 풍간하여 마침내 모자간의 정의를 되찾게 하였다.

바라노니 사해 안 백성들이여
이 어진 세 분을 한 사당에 모시도록 하소
누구든 한번 보면 감동되어
하늘 이치 서로들 없애지 않으리다

倉唐何爲者、　　魏國一陪臣。
敦詩又說禮、　　幽語皆中倫。
一言悟人主、　　遠子復相親。
古今竹帛上、　　誰其君與隣。
至誠說狄相、　　純孝稱封人。
願令四海民、　　共祠此三仁。
一見一感發、　　天理不胥淪。

정형을 지나며 한신을 생각하네
井陘

양쪽 봉우리 마주 닿은 정형 어귀에
가파른 푸른 언덕 말 몰고 올라가네
영웅이 가버린 뒤 몇 천 년 되었건만
늠름한 그 이름 아직도 살아 있어라
그 옛날 회음후 미천하던 시절엔
풍운 품은 씩씩한 뜻 아는 사람 없었건만
하루아침 대장군 되어 임금을 보필하자
번쾌의 무리 따위 어린애처럼 깔보았지[1]
붉은 깃발 아래 조나라 진영 놀라게 하니[2]
고래 같은 장수의 피 그의 칼을 적셨네
연나라 제나라도 초목처럼 휩쓸었으니

■

＊ 한(漢) 패공(沛公 : 유방)의 대장군이었던 한신(韓信)이 일찍이 여기에
　서 조(趙)나라 진여(陳餘)와 싸웠다. 진여는 광무군 이좌거(李左車)의
　지구전을 반대하고 맞아 싸우다가, 한신의 꾀에 빠져 패하였다.
1) 가난하게 살던 한신을 아무도 알아주지 않았다. 소하(蕭何)의 추천으로
　대장군이 되니, 맹장이었던 번쾌 따위는 모두 그의 밑에 있게 되었다.
　유방이 천하를 통일한 뒤에, 한신은 회음후(淮陰侯)에 봉해졌다.
2) 한나라가 적색(赤色)을 숭상했으므로, 붉은 깃발은 곧 한나라 깃발을
　가리킨다. 한신은 정형에서 진여를 맞아 싸울 때 적에 거짓 패하여 달아
　나면서, 미리 군사들에게 조나라 군사들이 추격해 오는 틈을 타서 한나
　라의 붉은 깃발을 꽂게 하였다. 뒤늦게 이 사실을 발견한 조나라 군사들
　은 매우 놀라 도망쳤다.

16

유방과 항우마저 그의 한마디에3) 달렸었지
천금을 들여서 광무군을 사오지 않았다면
만전의 계책을 그 누가 말했으랴4)
백 번 싸워도 싸울 때마다 꼭 이긴 까닭은
군대가 많을수록 좋기 때문이 아니라
자신을 굽히고 남의 말을 잘 들었기 때문이라오

岡巒廻合井陘口。　　驅馬崎嶇登翠阜。
英雄事去幾千載、　　尙有威名凜如在。
却憶淮陰布衣時。　　風雲壯志無人知.
一朝登壇輔眞主、　　下視噲等如嬰兒。
火旂焰焰驚趙壁。　　鯨鯢血汚蓮花鍔。
燕齊草木靡餘風、　　劉項乾坤傾一諾。
千金不購廣武君。　　萬全奇策誰當陳。
乃知百戰戰必勝、不在多多益辦、只在屈己能從人。

■

3) 한신이 싸울 때마다 승리한 공으로 제왕(齊王)에 봉해졌다. 항우가 두
   려워서 변사(辯士) 무섭(武涉)을 보내어 "현재 두 임금의 일이 족하(足
   下)에게 달렸으니 족하가 한나라를 돌보면 한나라가 이기고, 초나라를
   돌보면 초나라가 이긴다"고 하였다.
4) 한신이 조나라를 빼앗은 다음, 진여에게 지구전을 주장했던 이좌거를
   천금으로 구하였다. 그의 꾀로 연·제 두 나라를 쉽게 얻었다.

예양교

豫讓橋

한 조각 낡은 다리 주춧돌에다
그 누가 국사(國士)의 이름 새겨 두었나
산 빛은 천년의 분함 머금은 듯하고
햇살도 황천의 정성을 비추는 듯해라
임금의 은혜 갚기 어렵다 하여
일만 쉽게 이뤄지기를 구하진 않았으니
그의 말 참으로 찔림이 있어
간사하고 아첨하는 자들 놀랐으리라

一片荒橋石、　　　誰留國士名。
山含千載憤、　　　日照九泉誠。
不爲恩難報、　　　從求事易成。
此言眞有激、　　　邪佞合心驚。

* 예양교는 전국시대 지백(智伯)의 충신 예양이 조양자(趙襄子)에게 피살된 다리이다. 양자가 자기 원수 지백을 죽이고 그 종족을 멸망시키자, 지백의 국사(國士) 대접을 받던 예양은 원수를 갚기 위해 온몸에 옻칠을 하여 나환자처럼 꾸몄다. 숯을 삼켜 벙어리까지 된 다음 시장에서 거지 행세를 하니 아무도 몰라봤다. 마침 그를 알아본 친구가 물었다. "조양자를 섬기다가 기회를 노려 복수하면 쉬울 텐데, 왜 이런 고생을 하는가?" 그가 글을 써서 대답하였다. "이 짓을 하는 것이 어려운 줄은 나도 안다. 그러나 내가 이 짓을 하는 뜻은 장차 후세의 신하가 되어 두 마음을 품는 자를 부끄럽게 하려고 해서이다" 뒤에 양자를 죽이려고 다리 밑에 숨었지만 끝내 발각되어 피살되었다.

18

파촉 가는 길

蜀道

이 산이야 옛날부터 있었겠지만
이 길은 언제쯤 깎아 냈을까
과와의 솜씨[1] 빌지 않았다면
한 덩어리 뭉친 기운을 누가 갈랐으랴
하늘 모습 깃발 끝에 조금 보이니
산세가 칼날처럼 날카로워라
안개는 천 곳 숲에 비를 보내고
강물소리는 만 리 밖까지 천둥처럼 울려라
이리저리 울창한 숲 뚫고 들어가
삐죽 치솟은 봉우리로 올라가려니
말에서 내린대도 둘이 걷기 어렵고
사람과 맞닥치면 되돌아가야겠네
깜짝 놀란 원숭이들은 어쩔 줄 몰라 머뭇거리고
날아가던 새들도 그저 돌기만 하는데
아침 햇살 겨우 비추는 듯하다가
어느새 어둑어둑 저물려 하네

■

1) 과와는 전설에 나오는 과아(夸蛾)와 여와씨(女媧氏)인데, 이들이 천지
를 만들었다고 한다. 태항(太行)과 왕옥(王屋) 두 산은 기주(冀州)의 남
쪽과 하양(河陽)의 북쪽에 있었는데, 상제가 과아씨의 두 아들을 명하
여 하나는 삭동(朔東)에 하나는 옹남(雍南)에 갖다 놓게 했다. 하늘에
구멍이 뚫리자, 여와씨가 오색돌을 달구어 때웠다고 한다.

금우(金牛)²⁾의 옛 애기도 허망해 보이고
유마(流馬)³⁾도 끌고 가기 어려웠겠네
다리에 쓴 나그네에게 한마디 하노니
구태여 다시 오마고 약속할 게⁴⁾ 무엔가

■

2) 전국시대 진(秦) 혜왕(惠王)이 촉을 치려했지만, 산속의 길을 알지 못했다. 그래서 돌을 깎아 다섯 마리의 소를 만들어 뒤에다 금을 넣고는, 촉나라 가는 길에다 놓았다. 돌소가 금똥을 눈다는 소문을 들은 촉왕은 천여 명 군사를 동원하여 성도(成都)로 운반해 갔다. 진나라는 마침내 이 길을 따라 촉나라를 공격하여 점령하였다.

3) 건흥 12년(234) 봄에 제갈량이 대군을 이끌고 사곡(斜谷)을 나가 위수(渭水) 남쪽 오장원(五丈原)에다 진을 치고 전투를 시도했으나 사마의(司馬懿)는 장기전으로 대응하였다. 그러자 제갈량이 목우(木牛)와 유마(流馬)를 만들어 군량을 운반하였다. 목우는 바퀴 하나를 단 짐수레로 한 사람이 밀고 다니고, 유마는 바퀴 네 개를 단 짐수레로 네 사람이 밀고 다녔다. 《삼국지(三國志) 권35 촉서(蜀書) 제갈량전(諸葛亮傳)》에 "제갈량은 천성이 정교한 사고에 장점이 있어 연발의 쇠뇌를 가감하여 만든 것과 목우유마가 모두 그의 생각에서 나왔다.[亮性長於巧思, 損益連弩, 木牛流馬, 皆出其意.]"라고 하였다. 송(宋)나라 진사도(陳師道)의 《담총(談叢)》에 이렇게 설명하였다. "촉 땅에 작은 수레가 있는데 한 사람이 밀고 다니며 곡식 8섬을 실을 수 있고 앞쪽이 소의 머리와 같이 생겼다. 또 큰 수레가 있는데 네 사람이 밀고 다니며 곡식 10섬을 실을 수 있다. 이것이 목우와 유마이다.[蜀中有小車, 獨推, 載八石, 前如牛頭, 又有大車, 用四人推, 載十石, 蓋木牛流馬也.]"

4) 한나라 문장가 사마상여(司馬相如)가 장안에 가는 길에, 고향 촉군을 지나게 되었다. 그는 승선교(升仙橋) 기둥에다 "네 마리 말이 끄는 수레를 타지 않고선 이 다리를 다시 지나지 않겠다"고 썼다. 그는 과연 성공했다.

此山從古有、　此道幾時開。
不借夸媧手、　誰分混沌胚。
天形旂尾擲、　岡勢劍鋩摧。
霧送千林雨、　江奔萬里雷。
班班穿薈鬱、　矗矗上崔嵬。
下馬行難並、　逢人走却廻。
驚猿空躑躅、　去鳥但徘徊。
才喜晨光啟、　俄愁暮色催。
金牛疑妄矣、　流馬笑艱哉。
寄謝題橋客、　何須約重來。

제갈공명의 사당에서
諸葛孔明祠堂

영웅들 벌떼처럼 일어나 세상일 어지러웠건만
혼자서 경륜 품고 초가집에 누웠었지
나라 위한 의리는 삼고(三顧) 뒤에 높아졌고
출사표 원대한 계획은 칠금(七擒)[1] 뒤에 굳어졌네
그 누가 목우와 유마를 만들랴
백우선과 윤건도 그에게만 어울렸으니
일월처럼 밝은 충성 역사에 빛나건만
위나라 진나라는 지금 터만 남았구나

群雄蜂起事紛挐。　　獨抱經綸臥草廬。
許國義高三顧後、　　出師謨遠七擒餘。
木牛流馬誰能了、　　羽扇綸巾我自如。
千載忠誠懸日月、　　回頭魏晉但丘墟。

■
1) 촉한에 반란을 일으킨 남만(南蠻)의 맹획(孟獲)을 일곱 차례나 생포하
여 남만을 평정하였다. 그 뒤 후주(後主) 유선에게 출사표를 올리고 위
나라를 정벌하러 나섰다. 이때 군량미를 운반하기 위하여 목우와 유마
를 만들었다.

22

아미산에 올라

登蛾眉山

푸른 구름은 땅 위에 떠 있고
밝은 해는 산허리로 굴러가네
우주 만상이 무극으로 돌아가니[1]
머언 하늘은 그대로 고요하기만 해라

蒼雲浮地面、   白日轉山腰。
萬象歸無極、   長空自寂寥。

■

1) 무극(無極)은 모든 만물의 원리이다. 우주 만상은 무극에서 나와 무극
   으로 돌아간다.

미주에서 아버님 삼 형제를 생각하며

眉州

나의 아버님[1]은 삼 형제인데, 모두 문장가로 우리나라에 이름이 났다. 큰아버님과 작은 아버님이 잇달아 세상을 떠나시고 오직 아버님만이 병 없이 살아 계시는데, 연세가 지금 일흔이 넘으셨다. 만약 중원에 들어와서 어진 사대부들과 더불어 문단에 드나들었다면, 비록 소동파 부자[2]에게는 견줄 수 없다 하더라도 또한 한 시대에 이름을 떨칠 수는 있었을 것이다. 그러나 수륙(水陸)이 천리나 떨어진데다 난리가 십년이나 계속되었으므로 처지에 따라 분수를 지키면서 외국을 사모하지 않았다. 그래서 천하에 아버님을 아는 사람이 없다.

미산은 궁벽하게 하늘 한 귀퉁이에 있는데
온 성에 초목가지도 가을바람에 쓸쓸해라
지나던 나그네 수레 세우고 묻는 까닭은
길가에 삼소당이 있기 때문이라오
뛰어난 소동파 부자가 때맞추어 태어나니
한 집안의 빼어난 정기 활짝 펼쳤어라

■
1) 이제현(李齊賢)의 아버지는 이진(李瑱, 1244-1321)으로, 자는 온길(溫吉), 초명은 방연(芳衍), 호는 동암(東菴), 본관은 경주(慶州)이다. 문과에 급제하여 광주사록(廣州司錄)이 되었고, 이후 여러 관직을 거쳐 1303년 전법판서(典法判書)에 임명되었으며, 1313년 충숙왕이 즉위하자 검교첨의정승(檢校僉議政丞)이 되어 임해군(臨海君)에 봉해졌다. 시호는 문정(文定)이다.
2) 송나라 때에 미주(眉州) 미산(眉山)에 살았던 소순(蘇洵)과 그의 아들 소식(蘇軾 : 동파)·소철(蘇轍)을 가리킨다.

아버진 악와의 천리마처럼[3] 독보가 되었고
두 아들은 단혈의 봉황처럼[4] 쌍으로 날았었지
잇달아 날리면서 금문에 함께 들어가니
천하의 문장가들도 감히 입을 못 벌렸지
지금까지 이백 년 내려오도록
그 이름 일월과 빛을 다투네
그대는 못 보았던가 경주의 이씨 삼형제도 인걸이어서
한묵단에서 모두 도기를 받았던[5] 일을
한계는 승추가 쓸데없다고 웃었고[6]
왕씨 집안의 구슬나무들은 아들 자랑 버릇이 되었네[7]

■

3) 악와는 감숙성 안서현에 있는 당하(黨河)의 지류인데, 한무제 때에 여
   기서 천리마가 나왔다.
4) 단혈은 단사(丹砂)가 나오는 구멍인데, 봉황이 산다.
5) 한묵은 문(文)을, 도끼는 무(武)를 뜻한다. 옛날 장군들은 출정할 때에
   모든 명령을 결정한다는 뜻으로 도끼를 받았다. 경주 이씨인 아버지 삼
   형제가 문무에 아울러 뛰어났음을 뜻한다.
6) 승추는 기둥에 노끈으로 지도리를 매단 문으로, 가난한 집을 뜻한다. 송
   나라 한계는 자기의 형 한부와 함께 문장을 잘한다고 이름이 났다. 그러
   나 늘 형을 깔보면서 "내 형님의 글은 승추와 같아서 겨우 비바람이나
   막을 뿐이다"고 하였다.
7) 당나라 왕복치(王福峙) 집안에 아들 5형제가 모두 문장이 뛰어나서, 사
   람들이 구슬나무라고 칭찬했다. 왕복치가 한언사에게 아들 자랑을 하
   자, 한언사가 놀렸다. "무자(武子)는 말을 자랑하는 버릇이 있더니 자네
   는 아들 자랑하는 버릇이 있군."

육씨 형제처럼8) 서울로 들어가지 않아
아름다운 명월주가 바다에 빠졌으니
두 분은 벌써 돌아가셔서 말할 수도 없고
집에 계신 아버님도 이젠 백발이구나

眉山僻在天一方。　　滿城草木秋荒涼。
過客停驂必相問、　　道傍爲有三蘇堂。
三蘇鬱鬱應時出、　　一門秀氣森開張。
渥洼獨步老麒驥、　　丹穴雙飛雛鳳凰。
聯翩共入金門下、　　四海不敢言文章。
邇來悠悠二百載、　　名與日月爭輝光。
君不見鷄林三李亦人傑、翰墨壇中皆授鉞。
韓泊繩樞笑無用、　　王家珠樹譽成癖。
機雲不入洛中來、　　皎皎滄洲委明月。
兩雄已矣不須論、　　家有吾師今白髮。

8) 진(晋)나라의 문장가 육기(陸機)·육운(陸雲) 형제는 오군(吳郡) 사람
인데 낙양으로 왔다가 태상(太常) 장화(張華)의 추천으로 그 이름이
천하에 알려졌다. 여기서는 이제현의 아버지 삼 형제가 중국에 들어
오지 않았기에 그 이름이 온 나라에 알려지지 못하였음을 안타까워한
뜻이다.

민지에서 인상여를 생각하며

澠池

강한 진나라는 나는 범과 같았고
겁쟁이 조나라는 관망하는 쥐 같았지
특별한 모임이지 동맹이 아니어서
조나라 존망이 이 모임에 달렸었지
인상여 간담은 한 말이나 되어서
긴 칼을 짚고 옆에 서 있다가
천둥처럼 한번 꾸짖으니
만승 임금도 어쩔 수 없이 질장구를 쳤었지[1]

■

* 민지는 하남성 의양현 서쪽에 있는 못이다. 전국시대 진나라 소왕(昭王)
은 조나라 혜문왕(惠文王)에게 사신을 보내어 민지에 모여 우호를 다짐
하자고 했다. 조왕이 음흉한 진나라를 겁내어 안 가려고 하자, 인상여
(藺相如)가 "가지 않으면 조나라의 약점을 보이는 것입니다" 하였다. 결
국 혜문왕은 어쩔 수 없이 인상여를 데리고 민지로 갔다.

1) 민지의 모임에서 진왕이 조왕에게 "왕은 음악을 좋아한다니 비파를 한
번 타보시오" 하여 모욕을 주었다. 조왕이 비파를 다 타고 나자 인상여
도 진왕에게 "대왕께서는 진나라의 악기인 질장구를 치십시오" 하였다.
보잘것없는 진나라의 음악을 비웃는 한편, 조왕이 받은 모욕에 대한 앙
갚음을 하려 한 것이다. 진왕이 노여워하며 허락하지 않았다. 인상여는
질장구를 받쳐 들고 앞으로 다가가 무릎을 꿇고 청했다. 그래도 진왕이
질장구 치기를 거절하자, 인상여가 협박하였다. "대왕과 신과의 거리는
다섯 걸음도 채 못 됩니다. 제 목의 피로써 대왕을 물들여도 좋겠습니
까?" 이 소리를 듣고 진왕의 좌우에 있던 사람들이 인상여를 칼로 치려
했다. 그러나 인상여가 눈을 부릅뜨고 한번 꾸짖자, 모두들 놀라서 뒤로
물러섰다. 진왕은 할 수 없이 질장구를 한번 두들겼다. 인상여는 뒤를

백만 명 용맹한 군사들도
그의 말 한마디를 중히 여겼네
염파는 높은 의리에 무릎을 꿇고[2]
견자도 남긴 이름 사모하였지[3]
오늘 이 민지에 와 노닐며 보니
지금부터 몇 천 년 전 옛일이건만
아직껏 남은 위엄에 머리끝이 일어서고
모든 나무들마저 찬바람에 떠는구나

■

돌아보며 조나라 어사를 불러 "모년 모월 모일 진왕이 조왕을 위해 질
장구를 쳤다"고 기록에 남기도록 했다.

2) 염파는 조나라 장군인데, 많은 전공을 세웠다. 그러나 민지의 모임에서
돌아와 조왕이 인상여의 공을 높이 평가해 상경(上卿)을 시키니, 지위
가 염파보다 높아졌다. 염파는 이에 불만을 품고 인상여와 싸울 결심을
했는데, 이 소식을 들은 인상여는 피하고 만나지 않았다. 가족들까지 의
심하자 인상여가 대답했다. "나는 강폭한 진나라도 무서워하지 않았는
데, 염 장군을 무서워하겠는가? 지금 염 장군과 나는 이 나라의 두 마리
범인데, 만일 이 두 마리 범이 싸운다면 누군가 하나는 살아남지 못할
것이다. 그렇게 되면 결국 진나라에게 이익을 안겨 주게 되니, 내가 피
하는 것은 나라의 이익을 앞세우고 개인의 감정을 나중으로 물리는 것
이다"고 하였다. 이 말을 전해들은 염파는 웃옷을 벗고 가시채찍을 등에
짊어지고 인상여에게 찾아가서 사과한 다음, 생사를 같이하자는 친교를
맺었다.

3) 견자는 한나라 문장가 사마상여의 아명이다. 그는 인상여를 사모하여
이름까지도 상여라고 고쳤다.

强秦若翼虎、　　懦趙眞首鼠。
特會非同盟、　　安危在此擧。
藺卿膽如斗、　　杖劍立左右。
叱咤生風雷、　　萬乘自擊缶。
桓桓百萬兵、　　一言有重輕。
廉頗伏高義、　　犬子慕遺名。
駕言池上遊、　　去我今幾秋。
餘威起毛髮、　　萬木寒颼颼。

비간의 무덤
比干墓

비간의 무덤은 위주(衛州) 북쪽 십리쯤 되는 곳에 있다. 주나라 무왕이 봉분을 만들었고,[1] 당나라 태종이 정관(貞觀) 연간에 이곳을 지나다가 친히 제문을 지어 제사 지냈다. 그 비석에 새긴 글자는 모두 없어졌지만 몇 자쯤은 알아볼 수 있다. "이 두 임금이 다른 시대의 신하를 그토록 잊지 못한 까닭은 그 충성을 슬프게 여기고 그 죽음을 불쌍히 여겼기 때문이 아니겠는가" 그러나 무왕은 은나라를 이긴 뒤에 백이(伯夷)를 가볍게 여겼고, 태종도 요동을 정벌하던 날 위징(魏徵)을 의심하였으니, 어찌 된 까닭인가? 그래서 이 시를 지었으니, 역시 《춘추》에서 훌륭한 사람의 조그만 잘못까지 지적하여 완전을 요구하는 뜻이다.[2]

1.

주왕이 은나라 신하의 무덤을 만든 까닭은
충성으로 간하다 죽임당함을 애석히 여긴 때문이건만
화산 남쪽으로 말 돌려보낸 뒤엔 무슨 까닭으로
고사리 캐어먹던 사람에게 사과하지 않았던가[3]

■

* 비간은 은나라 폭군 주(紂)의 숙부이다. 주가 정치는 하지 않고 주색에만 빠졌다고 간(諫)하다가 죽임을 당했다.
1) 무왕은 주(紂)를 정벌하고 돌아오는 길에 비간의 무덤에 봉분을 해주었다.
2) 훌륭한 임금인 무왕이 백이·숙제를 다시 찾지 않은 것과 태종이 위징을 의심한 것은 잘못이다. 현자의 잘못을 두둔하지 않고 바로 쓰는 것이 춘추필법이다.
3) 백이·숙제는 무왕이 부친의 상도 끝내지 않고 손에 무기를 잡는 것과 신하로서 임금을 죽이려고 하는 것은 안 된다고 충간하였다. 그러나 무왕은 이를 뿌리치고 출정해 은나라를 멸망시켰다. 백이·숙제는 주나라의 곡식을 먹지 않겠다고 수양산에 들어가 고사리를 캐어먹었다. 무왕

周王封墓禮殷臣。　　爲惜忠言見殺身。
何事華陽歸馬後、　　蒲輪不謝採薇人。

2.
예전의 분하던 마음이 지혜를 가려서
나이 늙어가며 그 행동 어지러워졌네
비간의 무덤에 제사 지낸 건 잘한 일이건만
위징의 비석은 왜 넘어뜨렸던가[4)]

從來忿欲蔽良知。　　日暮令人有逆施。
咢矣親祠比干墓、　　胡然却仆魏徵碑。

■
은 주를 친 다음에 다시는 전쟁을 하지 않겠다는 뜻으로 화산의 남쪽에
말을 돌려보냈다. 이 시는 무왕이 주(紂)에게 충간하다 죽임 당한 비간
에게는 예를 다하면서도, 정작 자기에게 충간한 백이·숙제는 굶어죽게
한 데 대한 비판이다.
4) 위징은 원래 태자 건성(建成)을 섬겨 태종을 제거하려다가, 도리어 태
종에게 패하여 사로잡혔다. 태종은 그의 어짊을 알고 재상으로 삼았으
며, 그가 죽은 뒤엔 손수 비문을 지어 비석을 세웠다. 그러나 위징에 대
한 예전의 분하던 마음이 잠재해 있었다. 그 뒤에 위징이 추천한 두정륜
·후군집이 죄를 짓자, 태종은 그를 의심하고 자기가 세운 비석까지 넘
어뜨렸다. 그러나 고구려를 정벌하려다 실패하고서야 위징의 옛말을 깨
닫고는 즉시 사람을 보내어 위징에게 제사지내고 다시 비석을 세웠다.

구요당에서

九曜堂

2.
꿈 깨고 보니 빈 창으로 달빛 반쯤 비쳐드네
숲속에서 종소리 나길래 중의 집인 줄 알았지
새벽 즈음 불던 봄바람 느닷없이 거세지더니
아침 되자 남쪽 시냇물에 꽃잎 몇 개 떠내려 오네

夢破虛窓月半斜。　　　隔林鐘皷認僧家。
無端五夜東風惡、　　　南澗朝來幾片花。

배 안에서 재상 권한공에게
舟中和一齋權宰相漢功

동틀 무렵 백운루에서 목란배를 타고
강남의 첫째 고을 바라보며 가네
좋은 술 맘껏 마시고 북도 흥겹게 두들기니
서시 같은 미인이야 없더라도 이 또한 풍류 놀음일세

蘭舟曉發白雲樓。　　　遙指江南第一州。
滿酌金杯搥畫鼓、　　　不携西子亦風流。

∎
＊ 이때 강절(江浙)로 가고 있었다. (원주)

고소대에서

姑蘇臺和權一齋用李太白韻

저라산 아가씨 이팔 젊은 시절이어서
옥 같은 얼굴 분 바르지 않아도 언제나 예뻤다네
오나라 왕궁에 기쁜 웃음 그 언제 끝났던가
바로 월왕 구천이 쓸개를 씹던 날이었지
고서성 위에는 가을 풀이 시들었고
고서성 아래엔 강물만 흐르네
치이자피가 탔던 배는[1] 지금 어디에 있을까

苧蘿佳人二八時。　　　玉質不勞朱粉施。
吳宮歡笑幾時畢、　　　正是越王嘗膽日。
姑蘇城頭秋草多。　　　姑蘇城下江自波。
鴟夷一舸今在何。

∎
* 고소대는 강소성 오현(吳縣) 서쪽 고소산에 있는 누대이다. 춘추시대 월
　왕 구천(句踐)이 오왕 부차(夫差)에게 회계산에서 크게 패한 뒤, 쓸개
　를 씹으며 복수할 준비를 했다. 그러다가 저라산에서 얻은 미인 서시(西
　施)를 부차에게 바쳤다. 부차는 그의 미모에 빠져서 고소대를 크게 짓
　고는, 날마다 유희에 빠져 정사를 돌보지 않았다. 결국 오나라는 월나라
　에게 망하였다.
1) 월나라 대부 범여(范蠡)는 오나라를 멸망시킨 다음, 부귀공명을 피하여
　숨었다. 고소대에 있던 서시를 배에 태우고 자기의 이름까지도 치이자
　피(鴟夷子皮)라고 고친 다음, 월나라를 떠나 한가롭게 살았다.

빨래하던 부인의 무덤

淮陰漂母墓

1.

가난한 선비 불쌍히 여겼을 뿐이었지
어찌 밥 한 그릇 가지고 천금을 바랐으랴[1]
왕이 되어 돌아와선 남창 정장을 꾸짖었으니[2]
빨래하던 부인의 마음은 왕손도 알지 못했네

重士憐窮義自深。　　豈將一飯望千金。
歸來却責南昌長、　　未必王孫識母心。

■

1) 한신(韓信)이 미천했던 시절에, 남창(南昌)의 정장(亭長)에게 밥을 얻어
   먹었다. 그 부인이 싫어하자 성 밑에서 낚시질을 했는데, 몹시 배가 고
   팠다. 빨래하던 부인이 이를 가엾게 여겨 밥을 주었다. 한신이 고맙게
   여겨 "내가 반드시 이 은혜를 중하게 갚겠다" 하였다. 그 부인이 성내며
   "내가 왕손(王孫 : 존칭)을 가엾게 여겨 밥을 준 것이지, 어찌 보답을 바
   라겠소." 하였다.
2) 한신은 그 뒤 패공(沛公 : 유방)에게 가서 대장군이 되어, 많은 전공을
   세웠다. 초나라를 멸망시키는 큰 역할을 했으므로, 초왕(楚王)에 봉해
   졌다. 한신은 고향인 회음에 가서 빨래하던 부인에겐 천금을 주어 보답
   하고, 남창 정장에게는 꾸짖은 다음 백금을 주었다.

2.

아낙네도 오히려 영웅을 알아보고
처음 만나 곤궁한 처지 은근히 위로했건만
범 같은 장수 내버려 적국에 보태 줬으니
항우 한눈에 눈동자 둘이라지만 쓸데없구나[3]

婦人猶解識英雄。　　　一見慇懃慰困窮。
自棄爪牙資敵國、　　　項王無賴目重瞳。

3) 한신은 처음에 초왕 항우에게 찾아갔었지만, 항우는 그를 제대로 평가
   하지 않아서 높이 쓰지 않았다. 결국 한신은 유방에게 찾아가서, 항우를
   멸망케 했다. 항우는 한 눈에 눈동자가 둘이 있었다고 한다.

평양에서 통헌 형군소와 헤어지며

西都留別邢通憲君紹

이슬이 소매를 적셔 새벽 기운 싸늘해라
달마저 기울었으니 술자리도 끝내야지
누가 생각이나 했으랴 애써 글 읽은 자네가
해마다 저 변방에서 말이나 타고 달릴 줄이야

露侵征袖曉寒多。　　　酒盡離觴寒月斜。
誰料北窓螢雪客、　　　每年鞍馬走風沙。

■
* 원제목에 나오는 통헌(通憲)은 통헌대부인 듯하다. 충렬왕 34년(1308)
  에 정했다가 충선왕 2년(1310)에 폐지한 종2품 문신의 품계이다. 벗의
  이름은 형군소이다.

멀리 있는 벗에게

寄遠

기뻐하던 일이 도리어 한스러워지고
공명을 세운답시고 이별만 자주 생기네
우리 노는 술잔 앞에 밝은 저 달이
국경에 말 타고 다니는 자네 머리도 비춰 주겠지

懽樂翻敎恨懊新。　　功名只管別離頻。
可憐畫閣樽前月、　　還照邊城馬上人。

망고탑

(망고탑은) 만산령(萬山嶺)의 별칭이다.

忙古塔

쌓인 눈이 빈 골짜기에 가득해서
나무란 나무들은 소리 없이 얼어붙었네
길 가는 나그네가 떠나려 하니
그제서야 바로 동녘이 밝아오누나
옷자락은 철갑처럼 뻣뻣해지고
수염에는 고드름이 주렁주렁 매달리네
막다른 길이라 가던 말이 걸음 멈추고
문득 섰노라니 겁까지 나라
깃들이던 새는 또한 어디로 가려고
날개를 푸득이며 가끔 울음을 우네

密雪壓空谷、　　萬木寒無聲。
征人戒長道、　　迨此東方明。
襟袖生鐵甲、　　鬢鬚絡珠纓。
路窮馬蹄澁、　　却立心爲驚。
棲禽亦安往、　　拂翼時一鳴。

황토점을 지나다가
黃土店

이곳을 지나다가 상왕(충선왕)께서 참소를 당해 스스로 변명할 수 없었다는 소문을 들었다.

1.
갈수록 세상일 차마 들을 수 없어
다리 위에 말 멈추고 갑자기 말을 잊었네
저 밝은 햇빛이 언제라야 내 맘속 비춰줄는지
눈물이 앞을 가려 산과 들도 안 보이네
다리를 끊은 장자방이 어찌 신의를 저버렸으랴
예상의 영첩도 일찍이 은혜를 알았었지
아픈 마음 어쩔 수 없네 이 몸에 날개라도 달렸다면
구름 위로 날아가 한번 하소연하겠건만

世事悠悠不忍聞。　　荒橋立馬忽忘言。
幾時白日明心曲、　　是處靑山隔淚痕。
燒棧子房寧負信、　　翳桑靈輒早知恩。
傷心無術身生翼、　　飛到雲霄一叫閽。

* 충선왕은 아들 충숙왕에게 임금 자리를 내어 주고 원나라에 계속 머물러 있었다. 그와 가깝게 지내던 인종(仁宗)이 죽자 내시 백안독고사(伯顏禿古思 : 고려사람, 林氏)가 영종(英宗)에게 참소하여, 충선왕을 연경으로부터 일만 오천 리가 떨어진 토번(吐藩)으로 귀양가게 하였다. 이때 원나라로 향하여 황토점을 지나가던 이제현이 그 소식을 듣고 이 시를 지었다. 그 뒤 원나라에 태정제(泰定帝)가 즉위하자 충선왕도 귀양에서 풀려났으며, 바안투구스는 1323년에 사형당했다.

2.

허공에 돌돌이라 쓰며[1] 시름 속에 앉아만 있구나
쇠할 대로 쇠했으니[2] 어디가 도구[3]인가
십 년 동안 험난한 길에 물고기처럼 천 리를 다녔건만
만고 흥망이 담비떼가 한 언덕에 몰리는 듯하구나
해가 서산에 저물 때마다 혼이 바로 끊어지고
푸른 강물 동으로 흐르면 눈물이 먼저 흐르네

■

1) 진(晉)나라 중군(中軍) 은호(殷浩)가 무능하다 하여 먼 지방으로 쫓겨
   나자 온종일 "허허! 괴상한 일이구나[咄咄怪事]"라는 네 글자만 허공
   에 쓰며 지냈다는 고사에서 나온 말로, 크게 실망하거나 유감을 품은 경
   우를 비유할 때 쓰인다.《진서(晉書) 권77 은호열전(殷浩列傳)》
2) 원문은 '式微'인데,《시경(詩經) 식미(式微)》에 "쇠할 대로 쇠했으니,
   어찌 돌아가지 않으리오.[式微式微, 胡不歸?]"라고 한 데서 나온 말
   이다. 이 시는 약소국인 여(黎)나라 임금이 오랑캐에게 나라를 빼앗기
   고 위(衛)나라에 가서 구원을 기다리며 오래도록 무료한 세월을 보냈
   으나, 위나라에서는 군사를 풀어 여나라를 찾아줄 기미가 보이지 않
   으므로 그 시종신(侍從臣)들이 임금에게 돌아갈 것을 권고하여 부른
   노래이다.
3) 노(魯) 혜공(惠公)이 죽은 뒤 어린 환공(桓公)을 대신하여 섭정하던 은
   공(隱公)이 즉위 11년 만에 환공에게 왕위를 물려주고, 지금의 산동성
   사수현(泗水縣)에 있었던 도구(菟裘) 지역에 은거지를 조성하였다는
   고사에서 유래한 말로, '노년의 은거지'라는 뜻으로 사용된다.《춘추좌
   씨전(春秋左氏傳) 은공(隱公) 11년》

문하에 가득한 손님 가운데 계구⁴⁾와 같은 이 없으니
은덕 실컷 받은 나 같은 자는 죽어야 하리

咄咄書空但坐愁。　　　式微何處是菟裘。
十年艱險魚千里、　　　萬古升沈貉一丘。
白日西飛魂正斷、　　　碧江東注淚先流。
滿門簪履無鷄狗、　　　飽德如吾死合羞。

■
4) 원문의 계구(鷄狗)는 계명구도(鷄鳴狗盜), 곧 개처럼 도둑질하는 데에
   유능한 사람과 닭 울음소리의 흉내를 잘 내는 사람의 준말이다. 맹상군
   이 진(秦)나라에 들어갔다가 참설(讒說)에 의해 갇혀 죽게 되었을 때,
   소왕(昭王)의 총희(寵姬)를 통하여 풀려나려고 하였다. 총희가 원하는
   것은 호백구(狐白裘)였는데, 호백구는 이미 소왕에게 바친 것 한 벌 뿐
   이라 달리 구할 길이 없었다. 그래서 문객 중에 개처럼 도둑질을 잘하는
   자가 진나라의 궁중에 몰래 들어가서 앞서 소왕에게 바쳤던 호백구를
   훔쳐다가 그 총희에게 다시 바침으로써 맹상군이 풀려났다. 맹상군은
   곧바로 성명을 바꾸고 도망쳐서 밤중에 함곡관(函谷關)에 이르렀으나,
   함곡관의 법에 닭이 울기 전에는 문을 열어주지 않게 되어 있었다. 마침
   문객 가운데 닭 울음소리를 잘 흉내내는 사람이 닭 울음소리를 내자 인
   근의 닭들이 일제히 울어, 마침내 관문을 열어 주어 그곳을 무사히 빠져
   나갔다.《사기(史記) 권75 맹상군열전》

명이행

明夷行

양주는 일찍이 길이 갈래가 많다고 울었고[1]
공자도 기린이 때를 모르고 나왔다 탄식했네
황계가 아직 울지 않았으니 밤이 얼마나 되었나
상갓집 개[2]처럼 혼자 섰으니 갈 곳이 아득하구나
예전 우리 임금님 원 나라로 들어갈 때는
두 번이나 붉은 해를 도와 함지로 오르게 하셨지
성공하면 물러나야 한다는 것이 옛사람의 경계이기에
앉아서 서백을 본받아 명이(明夷)를 완상하네[3]

---

1) "양주가 팔방으로 통하는 큰길을 보고 울었으니, 이는 남쪽으로도 갈
   수 있고 북쪽으로도 갈 수 있기 때문이었다.[楊子見逵路而哭之, 爲
   其可以南可以北.]"라는 말이 《회남자(淮南子) 설림훈(說林訓)》에 보
   인다.
2) 공자가 정(鄭)나라 동문(東門)에 혼자 섰더니 어느 사람이 보고 말하였
   다. "동문에 한 사람이 있는데 … 이마는 요(堯)와 비슷하고 … 허리 이
   하는 우(禹)에게 세 치가 모자라 얻어먹지 못한 상가 집 개와 같다.[東
   門外有一人焉, … 其頭似堯, … 自腰已下, 不及禹者三寸, 纍然如
   喪家之狗.]"《공자가어(孔子家語) 곤서(困誓)》
3) 스스로 밝은 지혜를 감추고 신명(身命)을 보전한다는 뜻이다. 서백은
   곧 문왕(文王)을 가리키며, 명이(明夷)는 《주역》의 괘명인데, 이 괘상은
   어진이가 난세를 극복하기 위해 지혜를 감추고 드러내지 않는 상이다.
   《주역 명이 단사(彖辭)》에 "속으로는 밝으면서도 밖으로는 유순하여 큰
   어려움을 극복하니, 문왕이 그렇게 하였다."라고 설명했다.

43

왕실이 미약한데 왜 모구4)에만 머물고
이미 늙었는데 어찌 도구를 경영하지 않는가
참승이 망배(芒背) 되었다는 옛말을 들었더니5)
곡돌이 초두(焦頭)보다 낫다6)는 걸 오늘에야 깨달았네

■

4) 모구는 앞이 높고 뒤가 낮은 언덕을 말하는데, 고국에 돌아가지 못하고 타국에 오래도록 얹혀 지내는 것을 비유할 때에 썼다. 《시경(詩經) 모구(旄丘)》에 "모구의 칡덩굴은 어찌 저리도 마디가 길게 자랐나. 숙씨와 백씨는 어찌 이토록 오래 오시지 않는가.[旄丘之葛兮, 何誕之節兮, 叔兮伯兮, 何多日也.]" 하였다. 이 시는 여(黎)나라의 군주가 나라를 잃고 위(衛)나라에 얹혀 살 때에, 여나라의 신하들이 자신들을 구원해 주지 않는 위나라 군신을 원망하는 내용이라 한다.

5) 참승은 임금의 수레에 모시고 타는 것을 말하며, 망배(芒背)는 등에 가시를 진 것처럼 마음이 불안한 것을 말한다. 한나라 선제(宣帝) 때 대장군 곽광(霍光)이 참승을 하자 왕이 '혹시 곽광이 역모나 하지 않을까' 하여 마치 가시를 등에 진 것처럼 몹시 불안해했다. 《한서(漢書) 권68 곽광전(霍光傳)》

6) 이때 무릉(茂陵)의 서생(徐生)이 곽씨(霍氏)가 너무 사치함을 염려하여 상소하기를 "곽씨의 호사가 극도에 달했으니, 폐하께서 억제하여 그들이 멸망하는 환을 당하지 않게 하소서." 하였으나 선제가 듣지 않았다. 곽광이 죽은 뒤 곽씨들이 과연 역모를 하다가 멸망되고 곽씨의 역모를 고변한 자들은 다 봉작되었으나, 역모 조짐을 미리 상소했던 서생에게는 아무 보답이 없자, 어떤 사람이 상소하였다. "신은 듣건대, 어떤 집에 곧게 세워진 굴뚝 옆에 땔나무가 가득 쌓여 있으므로 객이 주인에게, '굴뚝을 굽게 세우고 땔나무를 멀리 옮겨야지, 그렇지 않으면 화재가 있을 겁니다.' 하였으나, 주인이 듣지 않다가 끝내 불이 나자 이웃 사람들이 몰려와 불을 꺼 주었습니다. 그러자 그 주인은 소를 잡고 술을 마련하여 이웃 사람들을 대접하는데, 불을 끄다가 머리와 이마에 화상 입은

요·순이 사양한[7] 것은 천고에 으뜸이건만
성 이름을 무슨 일로 요수성이라고 했었나
창랑의 물 맑은데도 귀를 씻지 못했으니
책 속에 허유를 대하기가 부끄럽구나[8]

■

　　사람들을 제일 공로자로 치고 미리 '굴뚝을 굽게 하라'는 객에게는 전혀
언급이 없으므로, 어떤 이가 주인에게, '먼저 객의 말을 들었더라면 소
와 술을 허비하지 않고도 화재가 없었을 것인데, 이제 와서 객의 은공을
아랑곳없이 머리와 이마에 화상 입은 자들만 상객으로 치느냐.' 하니,
주인이 그제야 깨닫고 객을 대접했다고 합니다. 지금 무릉의 서생이 수
차에 걸쳐 '곽씨의 역모를 미리 방지하라'고 상소하였으니, 그 말만 들
었더라면 오늘날 고변자들에게 봉작하느라 국토를 떼어 나누는 허비가
없었을 것입니다. 지난일은 그렇다 치더라도 서생만이 공을 입지 못하
고 있으니, 폐하께서는 살피시어, 굴뚝을 굽게 내고 땔나무를 멀리 옮기
라는 객의 계책을 중히 여기셔서 머리와 이마에 화상 입은 사람보다 높
이 대우하소서.'라고 한 데서 온 말이다.《한서 권68 곽광전》
7) 요임금과 순임금이 천자의 지위를 사양하기를 술 석 잔을 사양하는 것
처럼 가볍게 하였다는 뜻이다. 당우는 요임금과 순임금을 가리킨다. 송
나라 소옹(邵雍)의 〈수미음(首尾吟)〉에 "요순이 사양한 것은 석 잔 술이
고, 탕무가 싸운 것은 한 판 바둑이다.[唐虞揖讓三盃酒, 湯武交爭一
局棋.]"라고 하였다.《격양집(擊壤集) 권20》
8) 허유(許由)와 소부(巢父)가 기산(箕山) 영수(潁水)에 숨어 살았는데, 요
임금이 제위(帝位)를 맡기려 하자 허유가 이를 거절하고서 더러운 말을
들었다면서 귀를 씻었다. 이 말을 들은 소부가 "그대가 만약 높은 산 깊
은 골에 살면서 세상과 통하지 않았다면 누가 그대를 알아볼 수 있었겠
는가" 꾸짖고는, 귀를 씻은 더러운 물을 자기 소에게 마시게 할 수 없다
며 소를 끌고 상류로 올라가서 물을 먹였다는 전설이 전한다.《고사전
(高士傳) 허유》

楊朱曾哭路多岐。　魯叟亦嘆麟非時。
荒鷄未鳴夜何其、　喪狗獨立迷所之。
憶昔吾君初入相、　兩扶紅日上咸池。
功成不退古所誡、　坐令西伯玩明夷。
式微胡爲寓旄丘、　已老曷不營菟裘。
古聞驂乘致芒背、　今悟曲突賢焦頭。
唐虞揖讓冠千古、　有城底事名堯囚、
滄浪水淸耳不洗、　羞向塵編對許由。

말 위에서
馬上

2.
조그만 수레에 살림살이 싣고서
부부가 서로 당기고 미네
날마다 몇 리씩 가고 또 가서
남쪽 고을로 나아가 사는구나
인생살이 괴로움과 즐거움이야
조물주가 벌써 다 정해 놓았지
내 처지는 지금 무엇을 하는 자인가
아무리 생각해 봐도 마음만 아파라

隻輪載家具、　　夫歸相挽推。
行行日數里、　　就食南州來。
民生苦與樂、　　造物已安排。
顧予是何者、　　對之獨傷懷。

효자 왕상의 비석 - 낙양 남쪽 30리에 있다
王祥碑

길가에 우뚝 세워진 비석
왕상[1]이란 두 글자 새겨져 있네
얼음판에 엎드려 잉어를 구해다가
어머니를 봉양하던 곳이 바로 여길세
아아 나는 벼슬살이나 한답시고
벌써 몇 년째 어머님을 못 모셨구나
구름을 바라보는[2] 마음이야 가끔 있건만
너무나 멀어 맛있는 음식도 바칠 수 없어라
머리털 자르시던 은혜를 어떻게 갚을거나
팔뚝 씹던 오기처럼[3] 맹세할 뿐이네
효자의 비문을 오늘에사 읽어 보다가
멍하니 서서 눈물만 쏟아지네

■
1) 왕상은 진(晉)나라 때의 효자이다. 계모에게 지극히 효성스러웠는데, 추운 겨울날 그 계모가 물고기를 먹고 싶다고 하였다. 왕상이 냇물에 나가 물고기를 잡기 위해 얼음을 깨려 하자, 얼음이 갑자기 저절로 깨지면서 잉어 두 마리가 튀어 나왔다. 그것을 가져다가 어머니께 드렸다.
2) 당나라 때에 적인걸(狄仁傑)이 병주(並州) 법조참군(法曹參軍)에 임명되어 부모 곁을 떠났다. 하양에 두고 온 부모가 생각날 때면 태항산(太行山)에 올라가 구름을 쳐다보며, "저 구름 밑에 우리 부모님이 계신다"고 슬퍼하였다.
3) 전국시대 오기(吳起)가 고향을 떠날 때에 자기 어머니와 헤어지면서, 팔뚝을 씹으며 "제가 재상이 되지 않고서는 다시 고향에 돌아오지 않겠습니다"고 맹세하였다.

有扁路傍石、　　上有王祥字。
臥冰得泉魚、　　饋母此其地。
嗟我事宦遊、　　連年負慈侍。
區區望雲心、　　甘旨遠難致。
何嘗報剪鬟、　　僅足同齧臂。
載讀孝子碑、　　茫然放清淚。

용산의 늦은 가을
憶松都八詠

2. 龍山秋晚

지난해 용산에 국화꽃 피었을 때
손님과 함께 술병 들고 산언덕에 올랐었지
한 줄기 솔바람에 모자를 날리고
옷에 단풍잎 덮인 채 술 취해 돌아왔네

去年龍岫菊花時。　　　與客携壺上翠微。
一逕松風吹帽落、　　　滿衣紅葉醉扶歸。

■
* 원제목은 〈송도를 생각하여 팔경을 읊다〉라는 뜻이다.

서강 달밤의 배

憶松都八詠

8. 西江月艇

강물 차갑고 밤 고요한데 고기마저 아니 잡혀
홀로 뱃전에 앉아 낚싯줄을 거두네
눈엔 가득 청산이요 배엔 가득 달빛이라
서시 같은 미인 있어야만 풍류가 되는 건 아니구나

江寒夜靜得魚遲。　　獨倚篷窓卷釣絲。
滿目靑山一船月、　　風流未必載西施。

벗 최해를 부르며

招崔壽翁

거문고와 책을 초가집 하나 쌓아두고
그 가운데 홀로 누워 그윽한 맛 즐긴다오
벗님이 오시려나 안 오시려나
동쪽 이웃집에 술도 벌써 익었다오

琴書一茅屋、　　高臥樂幽獨。
故人來不來、　　東隣酒新熟。

■

＊ 최해(崔瀣, 1287~1340) 호는 졸옹(拙翁) 또는 예산농은(猊山農隱)이고,
수옹은 그의 자이다. 원나라에서 과거에 급제했으며, 고려에서는 성균
관 사성(司成)에까지 올랐다. 재주와 뜻이 높아 일가를 이루었으며, 누
구에게도 굽히지 않는 성격이었다. 늘그막에 사자산 밑에서 농사를 지
으며 저술에 힘썼는데, 자서전이라고 할 수 있는 〈예산은자전〉(猊山隱
者傳)도 이때 지었다.

미인을 태우고서
感懷 二首

2.
바람이 맑아서 이슬마저 스러진 밤
붉은 꽃잎들 떨어져 옷을 가득 뒤덮었네
미인을 불러다 작은 말에 태우고서
옥피리 불게하며 달빛 속에 돌아가리라

光風轉夜露華微。　　零落春紅欲滿衣。
喚取佳人騎細馬、　　敎吹玉笛月中歸。

범여를 생각하며

范蠡

그대 공을 논한다면 어찌 오나라 깨뜨린 것뿐이랴
조각배 오호에 띄워 숨어 버린 게 으뜸이라네
그때 그대가 서시를 싣고 가지 않았더라면
월나라 궁중에도 고소대를 하나 세웠을 테지

論功豈啻破强吳。　　最在扁舟泛五湖。
不解載將西子去、　　越宮還有一姑蘇。

---

* 범여와 서시의 이야기는 앞에 나온 시 〈고소대에서〉의 주에서 설명하
  였다.

스님 식영암을 떠나보내며
送息影菴

친구라고 같은 진리로 상종하기는 옛날부터 또한 드물었다지
나이 들어 멀리 헤어지려니 눈물이 벌써 옷을 적시네
강물은 끝이 보이건만 아쉬운 마음은 끝이 없는데
그대 실은 한 조각 돛단배는 나는 듯이 벌써 사라졌구나

同道相從古亦稀。　　　中年遠別忍霑衣。
空江目盡思無盡、　　　一片風帆去似飛。

* '식영(息影)'은 한가로이 은거한다는 뜻으로,《장자 어부(漁父)》에서 나
  왔다. "어떤 사람이 자신의 그림자를 두려워하고 자신의 발자국을 싫어
  하여 이것을 떨쳐내려고 달음질쳤는데, 발을 들어 올리는 횟수가 많아
  질수록 발자국도 더욱 많아졌고 달리는 것이 빠를수록 그림자가 몸에
  서 떨어지지 않았다. 자신의 달리기가 아직 더디다고 생각해서, 쉬지 않
  고 질주하여 마침내는 힘이 다하여 죽고 말았다. 이 사람은 그늘에 처하
  면 그림자가 사라지고[休影] 고요히 쉬면 발자국도 멈춰진다[息迹]는
  것을 몰랐으니, 어리석음이 또한 심하다."

갯마을에 노을이 지네
和林石齋尹樗軒用銀臺集瀟湘八景韻
석재의 이름은 효수(孝修)이며, 저헌의 이름은 혁(奕)이다.

6.
지는 해는 뉘엿뉘엿 먼 산봉우리 속으로 잠기는데
밀물은 철썩철썩 찬 물가로 기어오르네
고기잡이들 하얀 갈대꽃 속으로 들어가 버리니
두어 점 밥 짓는 연기가 날이 저물어 더욱 푸르구나

落日看看銜遠岫、　　　歸潮咽咽上寒汀。
漁人去入蘆花雪、　　　數點炊烟晚更靑。

* 원제목이 길다. 〈임석재(林石齋)·윤저헌(尹樗軒)이《은대집(銀臺集)》
  의 소상팔경(瀟湘八景) 운으로 지은 시에 화답하다〉

강태공이 주나라를 낚다

菊齋橫坡十二詠

1.
세상에 휩쓸려 뜨고 가라앉는 것 마음 편치 않았지만
때를 만나 나라를 바로잡는 것쯤 어렵게 여기진 않았네
그대는 보았는가 주나라 팔백년 왕업이
반계의 한 낚싯대에 달렸던 것을

混世浮沉匪苟安。　　　得時經濟豈云難。
君看八百年周業、　　　只在磻溪一釣竿。

✽ 강태공의 원래 성은 강(姜)이었지만, 나중에 여(呂)에 봉해졌으므로 여
상(呂尙)이라고 불렸다. 나이 늙도록 위수(渭水)의 반계에서 낚시질하
다가 문왕(文王)을 만났다. 문왕은 그를 태공망(太公望)이라 부르면서
스승으로 모셨다. 나중에 무왕(武王)을 도와 주(紂)를 치고 천하를 통일
하였다.

여산의 세 웃음
菊齋橫坡十二詠

5.
불교와 도교가 유교의 진리와는 같지 않으니
억지로 분별하려다간 서로 미혹된다네
어지신 세 분 속마음을 아는 사람 없으니
함께 웃은 까닭은 호계를 지나서가 아니라네

釋道於儒理不齊。　　强將分別自相迷。
三賢用意無人識、　　一笑非關過虎溪。

■
* 강서성 구강현(九江縣)에 여산이 있고, 그 안에 동림사(東林寺)가 있
  다. 그 밑에 호계(虎溪)가 흐르는데, 동림사에 있던 고승 혜원법사(慧遠
  法師)가 손님을 배웅할 때에 한번도 호계를 지나지 않았다. 만일 이 호
  계를 지나면 범이 울부짖었다. 하루는 법사가 선비 도연명과 도사 육수
  정(陸修靜)과 함께 이야기하다가 자기도 모르는 사이에 호계를 지났다.
  범이 울부짖으니, 세 사람이 크게 웃었다.

눈 오는 밤 절간에서

山中雪夜

백낙천(白樂天)의 시에 "재숙(齋宿)하는 손님 오지 않으니 냉담하다.[宿客不來嫌冷淡]"는 것은 《의례(儀禮)》의 숙빈(宿賓)이라는 숙(宿)자의 뜻인 듯하고, 두자미(杜子美)의 시에 "개는 예전에 자고 갔던 손님을 반긴다.[犬迎曾宿客]"는 것은 기숙(寄宿)한다는 숙(宿)자의 뜻이므로 여기서는 두자미의 말을 사용하였다.

종이 이불 덮으니 몸이 차갑고 등불도 어두운데
어린 중 아이는 밤새도록 종을 울리지 않네
문 일찍 연다고 잠자던 나그네야 응당 꾸짖을 테지만
암자 앞에 눈 덮인 소나무는 꼭 보아야만 하겠네

紙被生寒佛燈暗、	沙彌一夜不鳴鍾。
應嗔宿客開門早、	要看庵前雪壓松。

율곡에서

栗谷人家

선달이라 날씨도 춥고 눈발도 날리려 하자
닭과 개 모아 가두고 사립문마저 닫았네
말 먹이에다 종의 밥까지 다 마련했다고
내일 아침에도 길 떠나지 말라며 자꾸 붙잡네

歲暮天寒雪欲飛。　　　旋收雞狗掩柴扉。
馬蒭奴飯猶能辦、　　　勸客明朝且莫歸。

부질없이

謾成

1.
늙어가며 부귀공명 누리겠단 생각 없어지고
그윽한 멋으로 여생을 보내고파라
못가에서 갈대나 베며 구름 그림자도 바라다보고
창 밑으로 파초 옮겨서 빗소리도 듣고파라

老去功名念自輕。　　　且將幽事送餘生。
池邊剪葦看雲影、　　　窓下移蕉聽雨聲。

귀국하는 길에 제화문 술집에 쓰다
庚辰四月將東歸題齊化門酒樓

옛날에는 이별가가 슬픈 줄 몰랐건만
늙은 뒤론 눈물이 수건을 자주 적시네
삼십 년 전에 노닐러 떠난 나그네가
사천 리 밖에서 홀로 돌아오는 길이라네
산천이 비록 해 뜨는 곳을 가렸지만
별자리는 석목진의 같은 분야[1]라네
다음날 다시 올 생각이야 어찌 없을까만
백발로 옷까지 더럽힐까 그게 걱정이라네

離歌昔未解傷神。　　老淚今何易滿巾。
三十年前倦遊客、　　四千里外獨歸身。
山河雖隔扶桑域、　　星野元同析木津。
他日重來豈無念、　　却愁華髮汚緇塵。

* 충숙왕이 죽은 뒤 충혜왕의 계승에 말썽이 생겼다. 익재가 원나라에 가
　서 이를 해결하고, 1340년 4월에 연경을 떠났다.
1) 중국의 전 지역을 하늘의 28 별자리에 나누어 배속하였다. 연(燕) 지방
　이 석목 분야에 해당한다.

계림군공에게
寄鷄林君公

낭군께선 백마 타고 가신 뒤 돌아오지 않고
황금대 앞에는 풀만 가득 자랐구나
두견화는 옛 가지에 또다시 피었건만
낭군 타신 말울음 소리 언제 다시 듣게 되려나

郎騎白馬遊不歸。　　黃金臺前草萋萋。
杜鵑花開去年枝、　　何時更聞郞馬嘶。

＊ 계림군공은 왕후(王煦, 1296~1349)의 봉호이다. 원래의 이름은 권재
(權載)였지만, 충선왕이 원나라로 불러다가 아들로 삼고 왕씨 성을 주
었다. 계림군공도 충선왕이 원나라 황제에게 요청하여 얻어 준 작위
이다. 항상 공정하게 일을 처리했으므로 본국에 돌아와서도 여러 번
정승을 했다.

취했다 하면 잠자는 벗에게
竹軒席上

뜨락 가득 피었던 꽃들 여기저기 떨어지는 날
커다란 술잔 한 손에 쥐고 남김없이 마셨지[1]
주인을 깨운다고 얼굴에 물 뿌리지 마소
취한 사람 치마엔 글씨 쓰기도[2] 좋으리다

滿園紅雪落紛紛。　　　一棹舨船盡百分。
莫爲主人泉洒面、　　　何妨座客醉書裙。

* 죽헌(竹軒)은 술자리에서 언제나 반드시 먼저 취하여 잤다. (원주)
1) 꿍선(舨船)은 술을 가득 실은 배, 당나라 시인 두목(杜牧)의 〈제선원(題
   禪院)〉시에 "큰 술잔 한 번 휘저어 가득하던 잔 텅 비웠네[舨船一棹
   百分空]"이라는 구절이 있다.
2) 양흔(羊欣)이 낮잠을 잘 때, 왕헌지(王獻之)가 그의 새 치마에다 글씨를
   썼다.

삼십 년 전 내 초상화

그 옛날 이 모습 그려 남길 땐
구레나룻 거무스름 청춘이었지
이 그림이 몇 해 동안 여기저기 떠돌았나
다시금 만나보니 그날 모습 그대롤세
아아 이 물건이 다른 물건 아니구나
내 전신(前身)이 바로 이 후신(後身)일세
어린 손자들은 누군지 몰라보고
'이게 누구야' 서로들 물어보네

我昔留形影、　　　靑靑兩鬢春。
流傳幾歲月、　　　邂逅尙精神。
此物非他物、　　　前身定後身。
兒孫渾不識、　　　相問是何人。

＊ 이 시의 원래 제목은 무척 길다. 〈연우 기미년(충숙왕 6년, 1319)에 내가
강남 보타굴(寶陀窟)로 향을 내리러 가시는 충선왕을 모시고 갔다. 왕
께서 고항(古杭) 오수산(吳壽山)을 불러내어 보잘것없는 내 얼굴을 그
리게 하고, 북촌(北村) 탕선생(湯先生)이 찬을 지었다. 북으로 돌아오자
남이 빌려간 뒤에 그 있는 곳을 몰랐다. 그 뒤에 32년 만에 내가 본국의
표(表)를 받들고 중국에 갔다가 다시 찾았다. 다시 보니, 장년·노년의
얼굴이 너무나 달라서 놀라왔다. 헤어지는 것과 만나는 것도 때가 있음
을 느꼈기에 40자 시를 지어 본다.〉

무술년 정월 초하루
戊戌正朝

길에서 지팡이 짚은 백발노인 보고 나선
늙으면 나다니지 말자 나 혼자 다짐했었지
우습기도 해라 내 어느새 일흔둘이나 되어
첫닭 울자 말 타고 신년[1] 하례 가다니

路逢扶杖白頭人。　　　自約衰年不出門。
堪笑七旬今過二、　　　聽雞騎馬賀三元。

■
1) 원문의 '삼원(三元)'은 음력 정월 초하루이니, 원단(元旦)의 다른 말이
다. 년(年)·월(月)·일(日)이 시작되는 날이라는 뜻에서 유래되었다. 양
(梁)나라 때 종름(宗懍)의 《형초세시기(荊楚歲時記)》에 "정월 초하루는
삼원의 날이다.[正月一日是三元之日也]"라고 하였다.

손자 보림을 위하여 집정관에게
爲孫寶林呈執政

우직한 서생이 영남에 벼슬 얻었으니
백성 다스리고 도둑 막기 둘 다 어렵겠구려
옥고리 받아[1] 날 찾아올 날이 그 언제일까
그의 할아비 올해 나이가 일흔셋이라오

拙直書生宦嶺南。　　　理民防寇兩難堪。
賜環何日來相見、　　　乃祖年今七十三。

---

* 기해년(1359)에 지었다. (원주)
1) 죄를 지은 신하가 변방으로 좌천되어 가면 3년이 지나도 돌아올 수가
   없다. 임금이 옥으로 된 고리를 보내 주면 풀려나게 된다.

소악부

악부(樂府)는 원래 음악을 맡아 다스리던 중국 관청의 이름이다. 한 무제(漢武帝)가 악부를 설치하여 이연년(李延年)을 악부의 우두머리인 협률도위(協律都尉)로 임명하였다. 그리고 각 지방의 민요를 채집하게 하여 정치의 잘잘못을 살폈다. 애제(哀帝) 때에 이 악부는 폐지되었지만, 후대에 와선 이 악부에서 채록한 시기를 악부시가(樂府詩歌) 또는 '악부'라고 부르게 되었다.

당나라 시인들도 악부체를 본뜬 작품을 즐겨 지었는데, 초기에는 음악에 맞는 가요였지만, 차츰 악기의 반주가 필요 없는 가사만을 지었다. 이때부터 악부가 지녔던 음악성과 문학성이 나누어졌다.

우리나라엔 악부체 시가 별로 없었다. 이제현의 소악부가 처음인데, '소'(小)자는 절구시(絶句詩)를 뜻한다. 그가 지은 소악부 11편은 당시 유행하던 우리말 노래를 7언절구의 한시로 옮겨 놓은 것이다. 모두《익재난고》권4에 실려 전하는데, 앞의 9편은 〈소악부〉라는 제목으로 전하고, 뒤의 2편은 제목이 아주 길다. 민사평(閔思平)에게도 소악부를 지어 보라고 권하는 의미에서 2편을 다시 지었다는 뜻이다. 앞의 9편은 대부분《고려사(高麗史) 악지(樂志)》에 그 제목과 설명이 전하는 노래들이고, 뒤의 2편은 제주도 민요인 듯하다.

이 책에선 이제현의 한시 아래에다《고려사 악지》의 설명까지 소개하고, 현재 가사가 남아 있는 노래의 경우엔 그 부분을 요즘 말로 바꾸어 소개했다. 제목도《고려사》에 실린 그대로 붙였는데, 제목이 없던 노래 3편은 양주동 선생의《여요전주(麗謠箋注)》에 따라서 〈소년행〉·〈수정사〉·〈탐라요〉라고 짐짓 붙여 보았다.

장암
小樂府

1.
얽매인 참새야 너는 어쩌다가
그물에 걸렸느냐 주둥이 누런 새끼 참새야
보라고 생긴 눈은 어디에 두었다가
그물에나 걸리는 가엾은 새가 되었느냐

拘拘有雀爾奚爲。　　觸着綱羅黃口兒。
眼孔元來在何許、　　可憐觸綱雀兒癡。

---

* 〈장암〉(長巖) : 평장사(平章事) 두영철(杜英哲)이 일찍이 장암으로 유
배갔다가, 한 노인과 서로 가깝게 지내었다. 그가 돌아가게 되자, 노인
이 그에게 함부로 벼슬에 뛰어들지 말라고 경계하였다. 영철도 그러겠
다고 하였다. 영철은 나중에 벼슬이 평장사에까지 올랐는데, 과연 또 죄
에 빠져서 귀양을 가게 되었다. 그곳을 지나갈 때에, 노인이 그를 보내
면서 이 시를 지어 놀렸다.《고려사 권71 악지 2》
장암은 충청남도 서천군에 있는 진(鎭)이다.

거사련

小樂府

2.
울타리 밑 꽃가지에선 까치가 울고
침상 머리의 거미는 그물 같은 줄을 치고 있네
내 님이 돌아올 날도 멀지는 않았을레라
정신이 미리 앞서 사람에게 알게 해주네

鵲兒籬際噪花枝。　　　喜子床頭引綱絲。
余美歸來應未遠、　　　精神早已報人知。

■
＊ 〈거사련〉(居士戀) : 부역을 나간 자의 아내가 이 노래를 지었다. 까치와
거미에게 의탁하여서, 남편이 돌아오기를 바란 것이다.《고려사 권71
악지 2》

제위보

小樂府

3.
완사계 언덕 위엔 버들이 늘어졌었지
백마 타신 낭군 손잡고 내 마음을 말했지
처마에 가득 삼월 봄비가 쏟아진다지만
내 손에 남은 님의 향내야 어찌 씻어낼거나

浣沙溪上傍垂楊。　　執手論心白馬郎。
縱有連簷三月雨、　　指頭何忍洗餘香。

■

＊〈제위보(濟危寶)〉: 어떤 부인이 죄를 짓고서, 제위보에서 노역을 했다.
　어떤 남자에게 자기 손을 잡혔지만, 부끄러움을 씻을 길이 없었다. 그래
　서 이 노래를 지어 스스로 원망하였다.《고려사 권71 악지 2》
　원래의 가사가 전해지지 않아 알 수는 없지만, 이제현의 한역시를 보면
　《고려사》의 설명과는 정반대인 것 같다.

사리화

小樂府

4.
참새야 너는 어디서 날아왔다 가느냐
일년 농사는 하려고도 않느냐
늙은 홀아비 혼자 밭 갈고 김매었건만
그 벼와 기장을 다 먹어 버렸느냐

黃雀何方來去飛。　　　一年農事不曾知。
鰥翁獨自耕耘了、　　　耗盡田中禾黍爲。

---

* 〈사리화〉(沙里花) : 세금을 자주 거두고 무거운데다 힘센 호족들까지
약탈해 가므로 백성들은 지치고 재산도 없어졌다. 그래서 이 노래를
지었다. 참새가 곡식을 쪼아 먹는데다 의탁해서 원망한 것이다.《고려
사 권71 악지 2》

소년행

小樂府

5.
봄옷을 벗어 내어 한쪽 어깨에 걸치고는
벗들을 부르면서 채소밭으로 들어갔었네
이리 저리 달리고 뛰며 호랑나비 뒤를 따라 다녔지
어제 놀던 모습 아직도 완연해라

脫却春衣掛日肩。　　呼朋去入菜花田。
東馳西走追蝴蝶、　　昨日嬉遊尙宛然。

■
* 이 노래만은 《고려사 악지》를 비롯한 어느 노래책에도 알려져 있지
않다.

처용

小樂府

6.

옛날 신라의 처용 할애비
푸른 바다 속에서 왔다고 말을 했었지
자개 이빨 붉은 입술로 달밤에 노래도 하고
솔개 어깨 자줏빛 소매로 봄바람에 춤도 추었지

新羅昔日處容翁。	見說來從碧海中。
貝齒赬唇歌夜月、	鳶肩紫袖舞春風。

■

* 〈처용〉(處容) : 신라 헌강왕(憲康王)이 학성(鶴城: 울산)에 놀러 갔다.
돌아오는 길에 개운포(開雲浦)에 이르렀는데, 갑자기 기이한 모습에다
가 색다른 옷을 입은 한 사람이 나타났다. 왕 앞에 나아가 노래하고 춤
추며 왕의 덕을 찬양했다. 왕을 따라 서울에 들어왔는데 스스로 처용이
라고 이름하였다. 달밤마다 거리에 나가 노래 부르고 춤추었는데, 그가
있는 곳을 아무도 몰랐다. 당시 사람들이 그를 신인(神人)이라고 생각
했다. 후세인들도 그를 기이하게 여겨서 이 노래를 지었다.《고려사 권
71 악지 2》
《악장가사》와 《악학궤범》에 실린 고려 〈처용가〉에서, 위의 부분만 비교
해 보면 이렇다.
신라성대(新羅聖代) 소성대(昭聖代)/천하대평(天下大平) 나후덕(羅候
德)/ 처용아비여 천금(千金) 머금으시어 넓으신 입에/ 백옥 유리같이
희신 이빨에…/ 칠보(七寶) 겨우시어 숙으신 어깨에/ 길경(吉慶) 겨우
시어 늘이신 소매길에/… 서울 밝은 달밤에 새도록 노닐다가/ …

오관산

小樂府

7.

나무 끝에다 조그만 닭을 새겨서
젓갈로 집어다 벽 위에 올려놓았네
이 새가 꼬끼오 울며 시간을 알려주니
어머님 얼굴이 이제야 지는 해 같아라

木頭雕作小唐雞。　　　筯子拈來壁上棲。
此鳥膠膠報時節、　　　慈顔始似日平西。

＊〈오관산〉(五冠山) : 〈오관산〉은 효자 문충(文忠)이 지은 노래이다. 문충
이 오관산 아래에 살면서 어머니를 모셨는데, 매우 효성스러웠다. 그가
사는 곳이 서울로부터 30여 리 떨어졌는데, 어머니를 봉양하기 위해서
벼슬을 했다. 아침에 나갔다 저녁에 돌아오면서, 아침저녁 문안을 조금
도 게을리하지 않았다. 문충이 자기 어머니가 늙어가는 것을 탄식하면
서 이 노래를 지었다.《고려사 권71 악지 2》

서경별곡

小樂府

8.
구슬이 바윗돌에 떨어지더라도
끈까지야 끊어지지 않으리다
님과 천년 이별을 한다더라도
한 조각 붉은 마음이야 어찌 바뀌리까

縱然巖石落珠璣。　　　纓縷固應無斷時。
與郎千載相離別、　　　一點丹心何改移。

＊ 이 《서경별곡》이 《고려사 악지》에 실린 속악(俗樂)은 아니지만, 《악장가
사》에 그 전문이 전해진다. 이제현이 옮긴 위의 시는 그 가운데 둘째 연
이다. 〈정석가〉(鄭石歌)의 마지막 연도 같은 노래이다.
구슬이 바위에 떨어진들/ 끈이야 끊기리이까 / 천 년을 외따로 살아간
들 / 믿음이야 끊기리이까.

정과정
小樂府

9.

날마다 님 생각에 울며 옷깃을 적시니
님 모습은 봄날 동산에서 우는 접동새 같아라

■
* 〈정과정〉(鄭瓜亭) : 〈정과정곡〉은 내시낭중(內侍郎中) 정서(鄭叙)가 지
은 노래이다. 서(叙)는 호를 과정(瓜亭)이라고 했는데, 임금의 외척들과
잇달아 혼인을 하였다. 인종(仁宗)에게 총애를 받았는데, 의종(毅宗)이
즉위하면서 그를 고향 동래로 내쫓으며 말했다. "오늘 길을 떠나는 것은
조정의 의논에 밀려서 그리 되었으니, 오래지 않아 마땅히 돌아오라고
부르겠소."
정서가 동래에 오래 있었지만 돌아오라는 명령은 오지 않았다. 그래서
가야금을 타면서 이 노래를 지어 불렀는데, 그 가사가 매우 서글펐다.
《고려사 권71 악지 2》

　　내 님을 그리워하여 늘 울며 지내니
　　산 접동새와 님 모습이 비슷하니이다
　　참이 아니며 거치르심을 아으
　　외론 달과 새벽별이 아시리이다
　　넋이라도 임과 한 곳에 가고져라 아으
　　우기시던 이가 누구시더니이까
　　과도 허물도 저는 천만 없소이다
　　말씀 헛 마르소서
　　슬픈져 아으
　　임이 나를 벌써 잊으셨으니이까
　　아소 님아, 돌이켜 들으시고 사랑하소서

내가 옳은지 그른지 아무도 묻지 마소
새벽달과 별만은 응당 알리이다

憶君無日不霑衣。　　　政似春山蜀子規。
爲是爲非人莫問、　　　只應殘月曉星知。

수정사

後小樂府

1.
도근천¹⁾에 물 막는 둑이 무너지면
수정사 뜨락까지도 물이 넘친다네
상방에 오늘 밤 선녀를 숨겨 두고
절 주인이 도리어 뱃사람이 되었구나

都近川頹制水坊。　　　水精寺裏亦滄浪。
上房此夜藏仙子、　　　社主還爲黃帽郞。

요즘 어떤 고관이 봉지련(鳳池蓮)이란 늙은 기생에게
"너희들은 부유한 중은 곧잘 따르면서 사대부가 부르면 왜
그렇게 늦게 오느냐?"
고 놀렸다 그 기생이 대답했다.
"요즘 사대부들은 돈 많은 장사꾼의 딸을 데려다가 두 살림
을 차리거나 아니면 그 계집종으로 첩을 삼는다지요? 저희
들이 만약 중과 속인을 가린다면 아침저녁을 어떻게 지낼
수 있겠나요?"
자리에 있던 사람들이 모두 부끄러워하였다

■
1) 도근천은 제주 서쪽 18리에 있다. 수정천(水精川)이라고도 하며, 냇물
   서쪽 언덕에 수정사가 있다. 언덕은 높고 험하며 수십 척의 폭포에서 흘
   러내려온 물이다. 한라산 북쪽에서 흘러 나와 바다로 가는 냇물 가운데
   큰 것이다.

선우추(鮮于樞)가 지은 〈서호곡〉(西湖曲)에

서호에 뜬 그림배에 누구 집 여자인지
비단을 탐내어 억지로 노래 부르네
西湖畫舫誰家女、　　　　　貪得纏頭强歌舞。

하였고 또

어떻게 하면 천금도 내던지는 장사를 만나
상복에서 행로를 노래할 수 있을거나[2]
安得壯士擲千金、　　　　　坐令桑濮歌行露。

하였다 송나라가 망하자 선비들이 이런 식으로 생활을 했
기 때문에 슬퍼한 것이다 탐라(耽羅)의 이러한 노래는 매우
비루하지만 백성들의 풍속을 보아서 세태의 변화를 알 수
있다

■
2) 상복은 상간(桑間)·복상(濮上)이라는 땅이름이다.《예기》에서 "상간·복
　간의 음악은 망국(亡國)의 음악이다"고 했다. 〈행로〉는 《시경》 소남(召
　南)의 제목인데, 여인들이 정조를 굳게 지킬 것을 노래한 시이다.

탐라요
後小樂府

2.
거꾸러진 보리 이삭 그대로 두고
가지 생긴 삼도 내버려 두었네
청자와 백미 가득 싣고서
북풍에 오는 배만 기다린다네

從敎蘴麥倒離披。　　　亦任丘麻生兩歧。
滿載靑瓷兼白米、　　　北風船子望來時。

* 탐라는 지역이 좁고 백성들은 가난하다. 예전에는 전라도에서 도자기와
쌀을 팔러 오는 장사꾼이 때때로 왔지만 숫자가 적었다. 지금은 관가와
민가의 소와 말만 들에 가득하고, 개간지는 없다. 게다가 오가는 관리들
의 행차가 베틀의 북 같이 드나들어 전송과 영접에 시달리게 되었으니,
이것이 그 백성들에겐 불행이었다. 그래서 여러 번 변란이 생긴 것이다.
(원주)

부록

益齋
李齊賢

묘지명

지정(至正) 27년 정미년(1367) 가을 7월에 추성량절동덕협의찬화공신(推誠亮節同德協義贊化功臣) 벽상삼한 삼중대광(壁上三韓三重大匡) 계림부원군(鷄林府院君) 영예문춘추관사(領藝文春秋館事) 익재 선생(益齋先生) 이공이 병으로 사제(私第)에서 졸하니 나이 81세였으며, 태상(太常)에서 시호를 문충공(文忠公)이라 내렸다. 그해 10월에 유사(有司)가 위의를 갖추어 우봉현(牛峯縣) 도리촌(桃李村)의 선영 아래 장사하였으며, 병진년(1376) 겨울 10월에 현릉(玄陵 : 공민왕)의 묘정(廟庭)에 배향하였다.

공의 휘(諱)는 제현(齊賢)이고, 자는 중사(仲思)요, 아버지의 성은 이씨(李氏)이다.

신라 시조 혁거세 때 좌명대신(佐命大臣)의 한 사람에 이알평(李謁平)이 있었으며, 그 후손인 소판(蘇判) 거명(居明)이 병부령(兵部令) 금현(金現)을 낳았고, 병부령이 삼한공신(三韓功臣) 태수(太守) 금서(金書)를 낳았다. 신라왕 김부(金傅)가 국토를 바치고 고려에 들어와서 태조의 딸 낙랑공주에게 장가들어 딸을 낳았는데, 그 딸을 금서의 아내로 삼아 주어 윤홍(潤弘)을 낳았다. 윤홍이 승훈(丞訓)을 낳고, 승훈이 주복(周復)을 낳고, 주복이 칭(偁)을 낳고, 칭이 치련(侈連)을 낳고, 치련

이 총섬(寵暹)을 낳고, 총섬이 춘정(春貞)을 낳고, 춘정이 현복(玄福)을 낳고, 현복이 선용(宣用)을 낳고, 선용이 승고(升高)를 낳고, 승고가 문림랑(文林郎) 상의직장동정(尙衣直長同正) 휘(諱) 득견(得堅)을 낳았으며, 상의(尙衣)가 증 좌복야(贈左僕射) 휘 핵(覈)을 낳고, 복야가 검교정승(檢校政丞) 시(諡) 문정공(文定公) 휘 진(瑱)을 낳았는데, 진이 대릉직(戴陵直) 박인육(朴仁育)의 딸 진한국대부인(辰韓國大夫人)에게 장가들어, 지원(至元) 정해년(1287) 12월 경진일에 공을 낳았다.

공은 어릴 때부터 뛰어나게 영리하여 성인(成人)과 같았고, 글을 지을 줄 알고부터는 이미 작가의 기풍이 있었다.

대덕(大德) 신축년(1301) 공의 나이 14세로 응시하였는데, 상시(常侍) 정선(鄭僐)이 성균시(成均試)의 시관이었다. 이때 응시자들이 자기의 재능을 자부하여 서로 자기가 훌륭하다고 과장하였었는데, 공이 지은 글을 듣고서는 의기가 위축되어 아무도 감히 앞을 다투지 못하였으며, 결국은 공이 장원급제하였다.

국재(菊齋) 권부(權溥) 공과 열헌(悅軒) 조간(趙簡) 공이 예위(禮闡)[1]의 시관이 되었을 적에도 공이 병과(丙科)로 급제하였으며, 권공이 공을 사위로 삼았다. 공이 말하기를, "과거는 작은 재주이니, 이것으로 나의 덕을 크게 기르기에는 부족하다" 하였다.

분전(墳典)[2]을 토론하는 데 있어서는 널리 알고 정밀하게

■

1) 한(漢)나라 때 상서성(尙書省)의 별칭으로, 전조(銓曹)를 가리킨다.
2) 삼분오전(三墳五典)의 준말인데, 전설 중에 나오는 옛날 책 이름이다. 《문선(文選)》〈동경부(東京賦)〉에 "옛날에 삼분오전(三墳五典)이 없어져서 위로 염제(炎帝)와 제괴(帝魁)의 아름다운 의표를 보지 못하여 한스러워하였다."라고 하였는데, 설종(薛綜)의 주에 "삼분(三墳)은 삼황

연구, 절충하여 지당한 데 이르게 하니, 문정공(文定公)이 크게 기뻐하여 말하기를, "하늘이 아마도 우리 가문을 더욱 번창시키려는 것인가" 하였다.

계묘년(1303)에는 봉선고 판관(奉先庫判官)과 연경궁 녹사(延慶宮錄事)를 임시로 맡았으며, 무신년(1308)에는 예문관(藝文館)·춘추관(春秋館)에 선발되어 들어가니, 관중의 사람들이 추대하여 사양하면서 감히 글에 대하여 논하지 못하였다. 그해 겨울에는 제안부 직강(齊安府直講)에 옮겨졌고, 기유년(1309)에는 사헌규정(司憲糾正)에 발탁되었다. 경술년(1310)에는 선부 산랑(選部散郞)에 옮겨지고, 신해년(1311)에는 다시 전교시 승(典校寺丞)과 삼사판관(三司判官)에 전임되었는데, 있는 곳마다 직무에 충실하였다.

황경(皇慶) 임자년(1312)에는 서해도 안렴사(西海道按廉使)에 선발되었는데 옛날 절도사의 풍도가 있었으며, 성균악정(成均樂正)에 올랐다. 겨울에는 제거풍저창사(提擧豊儲倉事)가 되었으며, 계축년(1313)에는 내부부령(內府副令)·풍저감두곡(豊儲監斗斛)을 역임하였는데, 내부(內府)에서 치주(錙銖)와 척촌(尺寸)을 세밀히 계산할 적에도 전혀 어려워하는 기색을 보이지 않으니, 사람들이 말하기를, "이 공은 기국(器局)을 한정할 수 없는 군자이다" 하였다.

충선왕이 원나라 인종(仁宗)을 도와 내란을 평정하고 무종(武宗)을 맞아 세웠으므로, 양조(兩朝)의 총우(寵遇)가 비길 데 없이 컸다. 왕이 드디어 주청(奏請)하여 충숙왕에게 전위(傳位)하고, 자신은 태위(太尉)로 경사(京師)에 있으면서 만권당(萬卷堂)을 짓고 학문을 연구하는 것으로 낙을 삼았다. "경사

■

(三皇)의 글이고, 오전(五典)은 오제(五帝)의 글이다."라고 하였다.

의 문학사는 모두 천하에서 선발한 사람들인데, 나의 부중(府中)에는 아직 이런 사람이 없으니 이것이 나의 수치이다"하고 공을 불렀는데, 공이 경사(京師)에 이른 것은 바로 연우(延祐) 갑인년(1314) 정월이었다. 요목암(姚牧菴: 姚燧)·염자정(閻子靜: 閻復)·원복초(元復初: 元明善)·조자앙(趙子昻: 趙孟頫) 등이 모두 왕의 문하에 놀았는데, 공도 그들과 함께 노닐면서 학문이 더욱 진보되었으므로 제공(諸公)이 칭찬하여 마지 않았다.

을묘년(1315)에는 선부의랑(選部議郎)에 승진되고 가을에는 성균좨주(成均祭酒)에 임명되었는데, 인하여 의랑(議郎)에 겸임하였다. 병진년(1316)에 사명(使命)을 받들고 서촉(西蜀)에 갈 적에 이르는 곳마다 시를 지었는데, 사람들이 즐겨 애송하고 있다.

이 해에 판전교시사(判典校寺事)가 되었으며, 정사년(1317)에는 선부전서(選部典書)에 임명되었고, 기미년(1319)에는 왕이 강향사(降香使)로 강남에 가게 되었는데, 이름난 누대와 아름다운 경치를 만나 흥이 일어 회포를 풀 적마다 조용히 말하기를, "이러한 곳에 이생(李生)이 없을 수 없다" 하였다.

경신년(1320)에는 지밀직사사(知密直司事)로 단성익찬공신(端誠翊贊功臣)의 호를 하사받았고, 지공거(知貢擧)가 되어서는 당시 사람들이 훌륭한 인재들을 뽑았다고 칭찬하였는데, 공의 나이 34세였다. 또 아버지 문정공(文定公)과 어머니 진한국대부인(辰韓國大夫人), 장인과 장모, 3좌주(座主)가 모두 건강하였는데, 공이 술잔을 올리면서 오래 살기를 축수하니 온 세상 사람들이 부러워하였다. 이 해에 주청하여 고려왕부단사관(高麗王府斷事官)이 되었으며, 아직 도착하기 전에 충선왕이 참소를 받아 서번(西蕃)으로 귀양 갔다. 이듬해 공이 충선왕을 배알하러 갔었는데, 도중에서 읊은 시는 충분(忠憤)으로 가득 차 있었다.

태정(泰定) 갑자년(1324)에는 정광대부(靖匡大夫) 밀직사사(密直司事)를 더하고, 을축년(1325)에는 공신호(功臣號)를 추성량절(推誠亮節)로 고쳐 하사하였고, 다시 첨의평리(僉議評理)·정당문학(政堂文學)을 전임(轉任)하였다. 병인년(1326)에는 삼사사(三司使)에 옮겨졌고, 천력(天曆) 경오년(1330)에는 충혜왕이 다시 왕위에 오르매 다시 정당문학으로 삼았으나 얼마 안 되어 파하였다. 지원(至元) 병자년(1336)에는 삼중대광(三重大匡)으로 김해군(金海君)에 봉하여졌고 영예문관사(領藝文館事)가 되었다.

기묘년(1339) 봄 2월에 충숙왕이 훙(薨) 하였는데, 그해 가을에 정승 조적(曺頔)이 백관을 위협하여 군대를 영안궁(永安宮)에 주둔시키고, 임금 곁의 나쁜 소인들을 쫓아내기 위해서라고 선언하면서, 몰래 심왕(瀋王)의 지반(地盤)을 만들었다. 이 사실을 안 충혜왕이 정예 기병을 거느리고 가서 쳐 죽였으나 그 당여(黨與)로서 경도(京都: 원나라의 서울)에 있는 자가 매우 많아 왕을 기필코 죄에 얽어 넣으려 하였으므로 인심이 의아해 하고 불안하게 여겼으며, 화를 예측할 수 없게 되자 공이 격분하여 몸을 돌보지 않고 말하기를,

"나는 내가 우리 임금의 신하인 것만 알 뿐이다"

하고, 왕을 모시고 경도에 가서 말 대신 글을 올려 일이 순리대로 변별(辨別) 되니, 공(功)이 일등이었다. 돌아온 뒤에는 뭇소인이 더욱 치열하게 날뛰므로, 공이 자취를 숨기고 나가지 않은 채《역옹패설》(櫟翁稗說)을 저술하였다.

지정(至正) 갑신년(1344) 겨울, 충목왕이 즉위하여서는 부원군에 승진시키고 영효사관사(領孝思觀事)에 임명하였으며,

공을 서연(書筵)의 스승으로 삼았다. 병술년(1346)에는 충렬 왕실록(忠烈王實錄)을 찬수(撰修) 하였으며, 무자년(1348)에는 판삼사사(判三司事)가 되었다.

신묘년(1351) 겨울에 현릉이 즉위하여 아직 우리나라에 도 착하기 전에 공을 우정승 권서정동성사(權署征東省事)에 임명 하였는데, 두어 달 동안 나라가 비어 있었으나 공이 잘 조치 하였으므로 나라 사람들이 의뢰하여 안정되었다.

임진년(1352)에 추성량절동덕협의찬화공신(推誠亮節同德協 義贊化功臣)의 호를 내리자, 공민왕을 시종한 공신 조일신(趙 日新)이 공이 자기보다 윗자리에 있게 됨을 시기하였는데, 공 이 이 사실을 알고 세 번이나 표(表)를 올려 굳이 사퇴하였 다. 그해 겨울 10월에 일신이 불령배(不逞輩)를 모아 가지고 밤에 궁중으로 들어가 무기를 휘둘러 평소 자기가 시기하 던 사람들을 닥치는 대로 베어 죽였는데, 공은 작위를 사퇴 하였으므로 화를 면하였다. 일신이 복주(伏誅)되고 나서 공을 기용하여 우정승으로 삼았는데, 계사년(1353) 정월에 사퇴하 였다. 그해 5월에는 부원군으로 지공거가 되었으며, 갑오년 (1354) 12월에는 다시 우정승을 삼았으나 다음해에 또 사직 하였다.

공의 나이 70에 김해후(金海侯)에 봉하여졌고, 12월에 문 하시중(門下侍中)이 되었으며, 정유년(1357) 5월에는 본직 그 대로 치사(致仕)할 것을 청하니, 따랐다. 나라의 제도가 봉군 (封君)으로 치사하면 반사(頒賜)하는 녹에 차등이 있었는데, 이미 늙었으면서 후한 녹을 받는 것이 의(義)에 있어 불안하 였기 때문에 이렇게 청하였던 것이다. 그러나 조정의 의논 은 본직으로 치사하게 하는 것은 대신을 공경하는 도리가 아니라 하여, 임인년(1362)에 다시 계림부원군(鷄林府院君)에 봉하였다.

공(公)은 15세에 등과(登科)할 때부터 명망이 일세에 떨쳤으며, 조정에 벼슬한 이래로는 문서의 일을 전임하여 춘추관·예문관 등에서 외제(外制)[3]의 직을 역임하였으며, 속관(屬官)으로부터 양부(兩府)·봉군(封君)에 이르기까지 관직에서 떠난 적이 없었다. 오직 충정왕 때에 3년간 벼슬에 참여하지 않았는데, 이는 공이 일찍이 표(表)를 올려 공민왕 세우기를 청하였기 때문이었다.

공은 타고난 자품이 중후한 데다가 학문으로 보익(補益)하여 고명하고 정대하였으므로, 의논을 발하고 사업을 시행함에 있어 환하게 빛나 볼 만하였다.

처음 공이 사서(史書)를 읽을 적에 필삭(筆削)의 대의(大義)는 반드시 《춘추》(春秋)을 법받았으므로, 측천기(則天記)에서

어찌 주 나라의 여분으로　　　　那將周餘分
우리 당나라의 일월을 더럽혔는가　黷我唐日月

하였는데, 뒤에 주자(朱子)의 《강목》(綱目)을 보고서 자신의 식견이 정당하였음을 스스로 증험하였다.

조그만 선행이라도 있는 사람이면 칭찬하고 기려 널리 알려지지 않을까 염려하였으며, 선배가 남긴 일이면 아무리 세미한 일이라도 자신은 따라가기 어렵다고 하였다. 평생 침착하지 못하게 빨리 말하거나 갑자기 당황한 얼굴빛을 짓

---

3) 외지제고(外知制誥)의 준말로, 홍문관의 관원이 아닌 사람이 왕명(王命)의 작성 등 문한(文翰)을 담당하는 것을 말한다. 외지제교(外知製教), 혹은 이를 줄여 외제(外製)라고도 한다.

거나 저속한 말을 하지 않았으며, 객을 접대할 때에는 술자리를 베풀고 고금의 일에 대하여 토론하기를 게을리하지 않았으므로, 최졸옹(崔拙翁)이 감탄하기를, "선비는 헤어진 지사흘 만에 다시 만나도 학문이 놀라울 만큼 진취된다는 말을, 내가 익재(益齋)에게서 증험하여 알았다" 하였다. 공은 구법(舊法)을 힘써 준행하고 경장(更張)하기를 좋아하지 않았으며, 일찍이 이렇게 말하였다.

"내 뜻이야 어찌 옛사람만 못하랴마는, 내 재주가 지금 사람만도 못하기 때문이다" 하였다.

공의 손자가 기씨(奇氏: 奇徹)의 집안과 인척(姻戚)을 맺었으나 공은 기씨들의 권세가 너무 극성하였으므로 꺼렸다. 그가 평장(平章)에 임명되자 공민왕이 양제(兩制)에 명하여 시를 지어 축하하게 하고 또 공에게 명하여 그 일을 서술하라고 하였으나 공은 사양하고 하지 않았다. 스스로 호를 익재(益齋)라 하였는데, 신돈(辛旽)이 실각하자 공민왕이 말하기를,

"익재의 선견지명은 따라갈 수 없다. 일찍이 신돈은 마음이 올바른 사람이 아니라 하더니, 지금 과연 중험되었다" 하였다. 공은 젊어서부터 동료들이 감히 이름을 함부로 부르지 않고 반드시 익재라고 불렀었는데, 재상이 되고 나서는 귀한 사람이나 천한 사람을 막론하고 모두 익재라 불렀으니, 공이 세상사람들에게 존대받음이 이러하였다. 공이 저술한 문집 약간 권이 세상에 유행하고 있다.

공은 모두 세 번 장가들었다. 길창국부인(吉昌國夫人) 권씨(權氏)는 2남 3녀를 낳았는데, 장남 서종(瑞宗)은 봉상대부(奉常大夫) 종부부령(宗簿副令)이고, 차남 달존(達尊)은 봉상대부 전리총랑 보문각직제학지제교(典理摠郎寶文閣直提學知製敎)이다. 장녀는 정순대부(正順大夫) 판사복시사(判司僕寺事) 임덕수

(任德壽)에게 출가하였고, 차녀는 중정대부(中正大夫) 전농정 (典農正) 이계손(李係孫)에게 출가하였고, 그 다음 딸은 은청광록대부(銀青光祿大夫) 첨서추밀원사 한림원태학사(簽書樞密院事翰林院太學士) 김희조(金希祖)에게 출가하여 의화택주(義和宅主)에 봉작(封爵)되었다.

수춘국부인(壽春國夫人) 박씨(朴氏)는 서경등처 만호부부만호(西京等處萬戶府副萬戶)를 선수(宣授) 받은 중현대부(中顯大夫) 사복정(司僕正) 휘 거실(居實)의 딸로 1남 3녀를 낳았는데, 아들 창로(彰路)는 봉익대부(奉翊大夫) 개성윤(開城尹)이고, 장녀는 정순대부(正順大夫) 판전농시사(判典農寺事) 박동생(朴東生)에게 출가하였고, 차녀는 봉순대부(奉順大夫) 판전교시사(判典教寺事) 송무(宋懋)에게 출가하였고, 그 다음 딸은 혜비(惠妃)가 되었다가 지금은 비구니이다.

서원군부인(瑞原君夫人) 서씨(徐氏)는 통직랑 지서주사(通直郎知瑞州事) 휘 중린(仲麟)의 딸로 2녀를 낳았는데, 장녀는 중정대부(中正大夫) 삼사우윤(三司右尹) 김남우(金南雨)에게 출가하였고, 차녀는 봉선대부(奉善大夫) 전의부정(典醫副正) 이유방(李有芳)에게 출가하였다.

측실(側室)이 2녀를 낳았는데, 장녀는 중랑장(中郎將) 임부양(林富陽)에게 출가하였고, 차녀는 아직 어리다.

종부(宗簿 : 瑞宗)는 밀직사 겸감찰대부(密直使兼監察大夫) 홍유(洪侑)의 딸에 장가들어 1남 2녀를 낳았는데, 아들 보림(寶林)은 광정대부(匡靖大夫) 정당문학 상의회의도감사 진현관대제학 상호군(政堂文學商議會議都監事進賢館大提學上護君)이며, 장녀는 통헌대부(通憲大夫) 판위위시사(判衛尉寺事) 조무(趙茂)에게 출가하였고, 차녀는 중현대부 순흥부사(順興府使) 이원적(李元稿)에게 출가하였다.

또 검교중랑장(檢校中郎將) 김송주(金松柱)의 딸에게 재취(再娶)하여 아들 하나를 낳았는데, 이름은 원익(元益)이고, 또 밀직(密直) 최항(崔沆)의 딸에게 장가들어 아들 하나를 낳았는데, 아직 어리다.

총랑(摠郞: 達尊을 가리킨다)은 상당군(上黨君) 백이정(白頤正)의 딸에게 장가들어 3남 1녀를 낳았는데, 장남 덕림(德林)은 조봉랑 여흥군사(朝奉郞驪興郡事)이고, 차남 수림(壽林)은 봉익대부 동지밀직사사(同知密直司事)로 원나라 조정에 벼슬하여 한림학사(翰林學士) 자선대부(資善大夫)가 되었으므로, 공에게 태상경(太常卿)을 증직(贈職)하고 품계(品階)와 훈작(勳爵)을 갖추었다. 그 다음 학림(學林)은 중현대부 소부윤(小府尹)이며, 딸은 봉익대부 개성윤(開成尹) 광록대부(光祿大夫) 동지추밀원사(同知樞密院事) 기인걸(奇仁傑)에게 출가하였다.

개성(開成: 彰路)이 중대광(重大匡) 청성군(淸城君) 시(諡) 평간(平簡) 휘 공의(公義)의 딸 한씨(韓氏)에게 장가들어 딸 하나를 낳았는데, 춘추검열(春秋檢閱) 원서(元序)에게 출가하였다.

계실(繼室)은 정순대부(正順大夫) 전객시사(典客寺事) 김앙(金昻)의 딸로 2남 1녀를 낳았는데, 장남 반(蟠)은 산정도감판관(刪定都監判官)이고, 차남 곤(袞)은 경선점녹사(慶仙店錄事)이며, 딸은 어리다.

사복(司僕: 任德壽)이 2남 4녀를 낳았는데, 장남 순의(純義)는 봉선대부(奉善大夫) 군기소윤(軍器少尹)이고, 차남 순례(純禮)는 중랑장(中郎將)이며, 장녀는 통직랑 기거랑 지제교(通直郞起居郞知製敎) 신혼(申渾)에게 출가하였고, 차녀는 중정대부(中正大夫) 친어군 대호군(親禦軍大護軍) 박영충(朴永忠)에게 출가하였고, 그 다음은 봉선대부(奉先大夫) 소부윤(小府尹) 황간(黃侃)에게 출가하였고, 그 다음은 중랑장(中郎將) 김추(金錘)에게 출가하였다.

전농정(典農正: 李係孫)이 2남 1녀를 낳았는데, 장남 즐(騭)은 낭장(郎將)이고, 차남 양(亮)은 중랑장(中郎將)이며, 딸은 통헌대부(通憲大夫) 판선공시사(判善工寺事) 안익(安翊)에게 출가하였다.

판전농(判典農)이 3남 1녀를 낳았는데, 장남 경(經)은 봉선대부(奉善大夫) 군기소윤(軍器少尹)이고, 차암 위(緯)는 별장(別將)이고, 그 다음 수문(殊文)도 별장이며, 딸은 어리다.

전교(典校: 宋懋)가 아들 하나를 낳았는데 어리고, 우윤(右尹: 金南雨)이 2남을 낳았는데, 장남은 상좌(上佐)이고, 차남은 광대(廣大)이며, 딸은 아직 어리다.

증손은 남녀 약간 명이 있다. 위위(衛尉) 조무(趙茂)가 2남 2녀를 낳았는데, 장남 종선(從善)은 중랑장(中郎將)이고 차남 유선(遊善)은 권무(權務)이며, 딸은 모두 어리다. 순흥(順興) 이원적(李元積)이 1남 2녀를 낳았는데, 장남 유희(有喜)는 숭은전직(崇恩殿直)이고 딸은 어리다.

여흥(驪興: 德林)이 2남 2녀를 낳았는데, 장남 신(申)은 승봉랑 공조서령(承奉郎供造署令)이고 차남은 밀(密)이며, 장녀는 정순대부(正順大夫) 판위위시사(判衛尉寺事) 이승원(李承源)에게 출가하였고, 차녀는 선덕랑 통례문지후(宣德郎通禮門祗候) 곽유례(郭游禮)에게 출가하였다. 밀직(密直: 壽林)이 2남 2녀를 낳았는데, 장남은 숭의(崇義)이고, 차남 숭도(崇道)는 전객녹사(典客錄事)이며, 딸은 모두 어리다.

소부(小府: 學林)가 1남 2녀를 낳았는데, 아들은 어리고 장녀는 사헌지평(司憲持平) 김만구(金萬具)에게 출가하였고, 차녀는 어리다.

개성(開城: 李仁傑)이 아들 하나를 낳았는데, 이름은 신(愼)이라 했다. 순의(純義)가 딸 하나를 낳았는데 어리고, 순례(純禮)가 1남 1녀를 낳았는데 아들은 자(滋)이고 딸은 어리다.

신혼(申渾)이 1남 2녀를 낳았는데, 아들 호(浩)는 대전지유 중랑장(大殿指諭中郎將)이고, 장녀는 낭장(郎將) 황윤기(黃允奇)에게 출가하였으며 차녀는 어리다.

대호군(大護軍: 朴永忠)이 3남 3녀를 낳았는데, 장남 용수(龍壽)는 별장(別將)이고 나머지는 모두 어리다. 소부(少府: 黃侃)가 1남 2녀를 낳았는데, 아들은 약노(藥奴)이고 나머지는 모두 어리다.

준(駿)이 1남 1녀를 낳았는데 아들은 효노(孝奴)이고 딸은 어리며, 양(亮)이 3남 1녀를 낳았는데 장남은 백공(伯恭)이고 차남은 백겸(伯謙)이며 나머지는 어리다.

다음과 같이 명(銘)한다.

천지가 정기를 쌓아
공(公)이 뛰어난 자질로 탄생하니,
빛을 뿜는 구슬처럼
공이 그 정기 발양하였네.
명망은 천하에 넘쳐흘렀고
몸은 해동에 살았는데,
도덕과 문장이
유자(儒者)의 종주(宗主)였네.
북두와 태산 같아
한유(韓愈)처럼 모두 우러러 존경하였고,
맑은 바람과 개인 달 같아
주돈이(周惇頤)처럼 상쾌하고 깨끗한 기상이었네.
네 번 정승을 역임하여

나이 80이 넘었는데,
상서롭기는 기린과 봉황이 이른 것과 같았고,
신기롭기는 시초점(蓍草點)과 거북점 같았네.
사직에는 공이 있고
생민(生民)에게는 은택이 있었으므로,
공민왕의 묘정에 배향하니
그 영화로움 짝할 만한 이 없도다.
너희 자손들은
공의 충효(忠孝)를 준행할지니,
준행하지 않아도 알 리 없다
말하지 말지어다.
공이 구원(九原)에 계시니라.

— 이색

이제현, 삼천 년의 제일대가

이제현은 1287년(고려 25대 충렬왕 13년)에 개경(開京)에서 검교정승 문정공 이진(李瑱)의 둘째 아들로 태어났다. 그는 어려서부터 의연한 기상과 뛰어난 풍모를 지녔고, 학문에 열중하여 1301년(15세)에 성균시와 병과에 급제하였으며 당시 고시관이었던 권부(權溥)의 사위가 되었다. 그는 1303년 (17세) 권무봉선고판관, 연경궁녹사로 벼슬길에 올라 1357 년(71세) 정승 자리를 그만두고 치사할 때까지 54년 동안 일곱 임금을 섬기면서 조정의 벼슬을 두루 거쳤고, 정승의 자리에 네 번이나 오른 국가의 동량이었다.

당시 고려는 원나라의 정치적 지배를 받으면서 내정간섭까지 받고 있던 터라, 항상 그들의 눈치를 보아야 했다. 그러나 남다른 충성심과 성실한 성품을 가진 그는 두 나라의 국제관계를 슬기롭게 타결하였으며, 원나라에 수차 왕래하면서 충선왕을 보좌했다. 그곳의 명사 원명선, 장양호, 우집, 조맹부 등과 교유하여 그들과 실력을 겨루기도 했다. 또 중국 각지를 원유하게 되자 이르는 곳마다 시문을 지어 그곳 문인들의 격찬을 받았고, 그곳에서 그의 문집이 간행되기도 하였다.

1342년(56세)에 잠시 벼슬을 그만두고 집에 돌아와 있으면서 《역옹패설》을 지었다. 시화집이자 만록인 이 《역옹패설》은 이인로의 《파한집》(破閑集), 최자의 《보한집》(補閑集), 이규보의 《백운소설》(白雲小說)과 함께 고려조의 대표적인 시화집이다.

그는 사학(史學)에도 남달리 뛰어났다. 1346년(60세)에, 충목왕에게 전문을 올려 서연 강설을 사직하고 《효행록》(孝行錄)을 엮었다. 또 왕명에 따라 민지가 찬수한 《편년강목》(編年綱目) 중 빠진 것을 다시 찬정하였으며, 충렬·충선·충숙왕 삼대에 관한 실록을 찬수하도록 명을 받았다.

1357년(71세)에 치사하고 돌아온 이제현은 그의 사저에서 국사를 편찬하게 되니, 사관(史官)과 삼관(三館)이 모두 그곳에 모여 협력하였다. 《금경록》(金鏡錄)도 이때 편찬된 것이다.

그러나 지금까지 전하여 오는 시문은 《익재난고》에 수록되어 있는 시·서(序)·서(書)·기(記)·표(表)·전(箋)·세가사찬(世家史贊)·책문(策問)·명(銘)·장단구(長短句)·《역옹패설》 등뿐이다.

이제현의 시문에 대한 논평은 그가 생존하던 고려 당시로부터 조선조 말에 이르기까지 줄기차게 계속되어 왔고, 현대에 이르러서도 그의 문학에 대한 연구는 계속 진행되고 있다. 이제 그 대표적인 것을 몇 가지 열거하기로 한다.

고려 말기의 이색, 권근, 정도전 등은 이제현을 '덕업과 학문과 관작과 수명이 뛰어났다'고 종합적인 인물평을 하였다. 조선조의 서거정, 유성룡, 신위, 김택영 등은 이제현을 일컬어 '고문 창시자이여 우리나라의 한유(韓愈)나 구양수(歐陽修)'라고 평하였다. 또 서거정, 조신, 홍만종, 이수광, 김만중, 이덕무, 박지원, 김택영 등은 이제현의 시를 홍량(洪亮)·풍의(諷意)·정힐(精頡)·청광(清曠)·정치(精緻)·의신(意新)·원대기상

(遠大氣像)·경련구(警聯句)·오자연가자(伍字聯佳者) 등의 평어로 논평하였는데, 특히 김택영은 '조선 삼천 년의 제일 대가'라고 극찬하였다.

이제현의 현대적인 논평은 1931년에 출판된 김태준의 《조선한문학사》에서 비롯된다. 이 책에서 김태준은 〈이제현의 문학〉이란 항목을 두고 여러 가지로 소개한 뒤 "익제는 유가라기보다 문장가요 문장가라기보다 시인으로 성공한 자다"라고 결론지었다. 또 문일평은 그의 《호암전집》에서 〈시계의 정종 이익제〉라는 항목으로 소개하면서 "이익제는 한시계의 여왕의 지위를 차지하고 있다"고 논평하였었다.

그렇다면 이제현의 시문의 특색은 무엇일까. 이에 대하여 알아보기로 한다.

첫째, 칠언시(七言詩)를 즐겨 썼다.

이제현의 현존 한시 274수를 살펴보면, 칠언절구가 116수, 칠언율시가 62수, 칠언고시가 27수 도합 205수이다. 그러므로 전체의 73%가 칠언시이므로 이제현은 칠언시를 즐겨 썼음을 알 수 있다.

둘째, 소악부(小樂府)라는 명칭의 시를 썼다.

이 소악부는 당시 민간에서 불어오던 속요를 칠언시로 번역한 것인데, 《고려사》〈악지〉〈속악〉에 실려 있는 일곱 편과, 《악장가사》에 실려 있는 두 편, 그리고 소재불명의 제주민요 두 편 등 모두 11편이다.

셋째, 중국에서 지은 시가 많다.

이제현은 1314년(28세)에 충선왕의 부름을 받고 원나라에

다녀오기 시작한 뒤 여러 번 원 나라에 행차했고, 또 그곳에서 세 차례나 지방을 원유하게 되었다. 또 충선왕 밑에서 여러 해를 생활하였으므로 그의 시문이 그곳에서 많이 씌어졌다. 현존하는 이제현의 문집 속에 한시 92수가 중국에서 지은 것이고, 그밖의 문장이나 장단구 등 많은 시문을 그곳에서 지었다.

넷째, 사(詞)를 맨 처음 지었다.

사란 장단구(長短句) 또는 시여(詩餘), 전사(塡詞)라고 부르는 중국문학의 한 형식이다. 이 사는 곧 악곡을 동반하는 가곡의 일종이므로 외국 사람인 우리나라 문인들은 손을 대지 못하였다. 그러나 이제현은 중국에서 많은 세월을 보냈고, 뛰어난 그의 시적 재능으로 하여 중국의 성운과 음악에도 정통하였으므로 우리나라 사람으로는 처음으로 사 15조 53결을 지었다. 그 솜씨가 뛰어나고 법도가 삼엄하여, 당·송의 최고 시인들의 작품과 견주어도 손색이 없을 뿐만 아니라, 중국 사람들도 애송하는 작품으로 전하여 오고 있다. 서거정은 그의 〈동인시화〉(東人詩話)에서 "우리나라 어음이 중국과 달라서 이규보, 이인로, 최해, 이색이 모두 웅문대수(雄文大手)이지만 일찍이 손을 대지 못했는데, 오직 익재가 뭇체를 다 갖추었고 법도가 삼엄했다"고 한 것은 그것을 웅변하고 있는 것이다.

다섯째, 즐겨 쓴 운자(韻字).

이제현이 시를 지을 때 어떤 운자를 즐겨 썼는지를 알아보기 위하여, 그의 시 가운데 금체시만을 골라 분석하여 보았다. 그 결과 평성에서 지운(支韻)이 24수로 가장 많았고,

다음 진운(眞韻)이 20수, 경운(庚韻)이 18수, 동운(東韻)과 우운(尤韻)이 각 15수, 회운(灰韻)이 13수, 선운(先韻)이 12구, 양운(陽韻)이 10수, 산운(刪韻)이 9수, 마운(麻韻)이 8수, 미운(微韻)·어운(魚韻)·침운(侵韻) 등이 각각 7수였다. 그리고 통운(通韻)으로는 동(東)·동(冬) 운이 3수, 지(支)·미(微)운이 3수였고, 측성운(仄聲韻)으로는 거성(去聲)·치운(寘韻)이 3수였으며 이밖에 환운(換韻)이 28수, 혼운(混韻)이 5수 등으로 이루어져 있었다.

여섯째, 남다른 충성심.

이제현은 나라와 임금을 위하여 남다른 충성심을 가지고 있었으므로 그의 시문에서도 이러한 점을 찾아볼 수 있다. 이제현이 북경에서 충선왕을 모시고 있었을 때의 일이다. 하루는 충선왕이 '닭소리가 흡사 문전의 버드나무와 같다'라는 시구를 지었는데, 원나라 학사들이 그 유래가 어디서 왔느냐고 물었다. 왕은 대답을 못하고 묵묵히 앉아 있는데, 옆에 있던 이제현이 "우리나라 사람의 시에 '집 앞에서 첫날 금닭이 우니 흐늘흐늘 길게 늘어진 수양버들 같다'고 지은 것이 있는데 닭 우는 연한 소리를 긴 버드나무 가지에 비하였습니다. 우리 전하의 시구는 이 뜻을 쓴 것입니다. 또 한퇴지(韓退之)의 〈거문고〉라는 시에 '뜬구름 버들개지는 뿌리도 꼭지도 없다' 하였으니 옛사람도 이와 같이 버들개지에 비한 것이 있습니다" 하자 만좌가 칭찬하고 감탄했다.

이제현이 지은 시 속에는 남다른 충성심이 담겨 있다. 이제 제목만 몇 가지 들어 보자. 충선왕이 서번(西蕃) 땅에 귀양 갔다는 말을 듣고 지은 〈황토점〉(黃土店) 세 편과 〈명이행〉(明夷行), 그밖에 〈예양교〉(豫讓橋), 〈제갈공명사당〉(諸葛孔明祠堂),

〈비간묘〉(比干墓) 등이 그 대표적인 것이라 하겠다.

일곱째, 화운시(和韻詩).

이제현의 시에는 화운시가 43수 있다. 화운시란 다른 사람의 시운(詩韻)을 써서 지은 시를 이르는 말이다. 이 화운시에는 원시(原詩)와 같은 운 중의 문자를 써서 작시하지만, 반드시 원시의 문자에 구애받지 않는 의운(依韻)이 있다. 또 원시의 운자와 앞뒤의 순서를 그대로 따르는 차운(次韻)이 있고, 원시의 운자를 앞뒤의 순서에 얽매이지 않고 쓰는 용운(用韻)의 세 가지가 있다. 이제현의 화운시 43수 중 36수가 차운시로 가장 많고, 나머지 7수는 의운시와 용운시이다.

이제현은 평생 동안 시문을 지었다. 그러나 그렇게 지은 시문은 곧 없애 버렸다고 한다. 측근에서 "왜 모아서 문집을 만들지 않느냐"고 하면 "동암공(東菴公: 이제현 부친의 호)이 아직 문집을 만들지 않았는데, 자식인 내가 감히 그런 생각을 할 수 있느냐"고 대답하였다고 한다. 따라서 《익제난고》에 전해오는 이제현의 시문도, 그가 71세 되던 해 막내아들 창로(彰路)와 손자 보림이 이제현의 생전에 문집을 만들어야 한다고 주장하여 그때 비로소 이 사람 저 사람이 간직하여 둔 시편과 익재가 간직한 약간의 시편을 모아 만들었다는 것이다. 현전시 274수는 이제현이 일평생 지은 시 가운데 극히 적은 일부라는 것을 짐작할 수 있다. 이제현과 같은 대시인의 많은 시가 대부분 유실되어 버린 사실은 우리 국문학상의 큰 손실이 아닐 수 없다.

— 류풍연(문학박사·전주대교수)

연보

- 1287년 12월 경진일(庚辰日)에 이진의 차남으로 태어났다.
- 어머니는 대릉직 박인육의 딸로 진한국대부인이다.
- 1301년, 성균시에 장원급제하였고, 또 병과에 급제하였다.
- 사관이었던 권부의 사위가 되었다.
- 1303년, 권무봉선고판관·연경궁녹사가 되었다.
- 1308년, 예문관·춘추관에 선입, 제안부 직강이 되었다.
- 1309년, 사헌규정이 되었다.
- 1310년, 선부산랑이 되었다.
- 1311년, 전교시승·삼사판관이 되었다.
- 1312년, 서해도안렴사·성균악정·제거풍저창사가 되었다.
- 1313년, 내부부령·풍저감두곡이 되었다.
- 1314년, 백이정의 문인으로서 정주학을 연구하였다. 충선왕의 부름을 받고 연경(燕京)에 가서 원의 학사 원명선·조맹부·장양호·우집 등과 교유하여 문학이 크게 진취되었고, 조맹부의 서체를 배워 왔다.
- 1315년, 선부의랑·성균제주가 되었다.
- 1316년, 판전교시사가 되었다. 4월에는 진현관제학으로 사명을 받들고 서촉에 갔었다.
- 1317년, 선부전서가 되었다. 9월에 봉명하고 원에 가서 상왕(충선왕)의 탄신을 축하하였다.
- 1319년, 상왕을 모시고 강향사로 강남 보타굴에 다녀왔다. 이때 왕명으로 오수산이 이제현의 화상을 그렸고, 탕병룡이 찬을

지었다.

- 1320년 7월에 지밀직사사가 되고 단성익찬공신호와 토지와 장획을 하사받았다. 그리고 고려왕부 단사관을 제수하였다.
- 9월에는 지공거가 되어 최용갑과 이곡을 선발하였다. 겨울에 원나라에 가다가 상왕의 피참사건을 듣고 〈황토점〉 세 수의 울분시를 짓고 〈명이행〉 일 편을 지었다.
- 1321년, 상왕이 서번으로 귀양가자 상왕의 연저 만권당을 지키고 있으면서, 고려의 조정에 시를 지어 보내 분만의 뜻을 표했다. 이 해, 부친상을 당하였다.
- 1323년, 원나라가 고려의 국호를 없애고 정동성을 설치하려 하자, 이제현이 원의 정부에 상서하여 철회시켰다. 또 상왕의 귀양을 풀기 위하여 원의 승상 백주에게 상서하고 1만 5천 리의 먼길을 떠나 서번의 상왕을 배알하였다.
- 1324년, 광정대부 밀직사사가 되었다.
- 1325년, 추성량절 공신호를 하사받고, 첨의평리 정당문학이 되었으며, 또 김해군의 봉작을 받았다.
- 1326년, 삼사사가 되었다.
- 1330년, 다시 정당문학이 되었다.
- 1336년, 삼중대광으로 영예문관사가 되었다.
- 1339년, 충숙왕이 홍(薨)하고 정승 조적이 난을 도모하자 충혜왕이 이를 격살하였는데, 원이 충혜왕을 불러들이니 민심이 동요되었다. 이에 이제현이 원나라 조정에 상서하여 사건을 해결하였다.
- 1340년 4월에 귀국하니 소인배가 치열하게 날뛰었으므로 이제현은 종적을 감추고 나가지 않았다.
- 1342년 여름에 《늑옹패설》을 지었다.
- 1343년 11월에 원나라 사신 타적 등이 충혜왕을 잡아갔다. 이제현은 글을 올려 사면을 청하였다.
- 1344년, 판삼사사로서 부원군·영효사관사가 되었다. 이제현은 서연에서 시강(侍講)하였다.
- 1346년, 서연강설을 사임하고 안축과 이곡을 추천하여 대행케 하였다. 5월에 《효행록》을 짓고 11월에 《본조편년강목》을 왕

명으로 중찬하였으며, 또 충렬·충선·충숙왕의 《삼조실록》을 수찬하였다. 문정공 권부의 상을 당하였다.

- 1348년 2월에 경상도감 제조가 되고 12월에 충목왕이 훙하자 이제현이 표를 만들어 원에 올리고 충정왕의 즉위를 허락받아 왔다.
- 1351년 겨울에 공민왕이 즉위하자 우정승 권단정동성사가 되고, 도첨의정승이 되어 법사로 하여금 제도존무안렴의 공과를 고핵케 하였다. 이때 공민왕이 원에 몇 달 동안 체재하고 있었기 때문에 이제현이 국정을 맡아서 많은 치적을 쌓았다.
- 1352년, 서연시간으로 있었는데, 조일신이 시기함을 보고 여러 번 사임하였으나 왕이 윤허하지 않고, 추성양절동덕협의찬화공신호를 내렸으나 사양하고 치사하였다. 겨울에 조일신이 평소에 자기가 시기하던 사람들을 살육할 때 이제현은 관직에 없었기 때문에 화를 모면했다. 일신이 잡혀 죽자 왕은 다시 우정승으로 임명하고 순성직절동덕찬화공신호를 하사하였다.
- 1353년 정월에 우정승을 사임하고 5월에 부원군으로서 지공거가 되어 이색 등을 등과시켰다.
- 1354년, 또다시 우정승이 되었다.
- 1355년, 우정승을 사임하였다.
- 1356년, 역신 기철의 재산을 몰수하여 하사하였으나 사양하였다. 12월에 문하시중이 되었다.
- 1357년 5월에 본직을 치사하였으나 국가대정의 자문에 응하였고, 한가히 지내게 되자 손을 맞아 고금사를 비교 토론하였다. 왕은 국사를 찬수케 하였는데 삼관의 관리들이 이제현의 사저에 모여 협조하였다. 이때 찬수한 《국사》는 뒷날 병란에 타버렸다. 또 《금경록》도 편찬하였으나 홍건적난에 없어졌다.
- 1358년, 송경의 수성을 건의하였다.
- 1361년 2월에 왕명에 의하여 《서경》 무일편을 강하게 하였다.
- 1362년, 홍건적이 서울을 함락시키자 어가가 남방으로 파천하게 되니 이제현이 상주까지 달려가 배알하고 호종하였다.
- 계림부원군의 봉작을 받았다.
- 1363년, 청주에서 어가를 모시고 개경으로 돌아왔다.

- 1365년, 왕이 신돈을 총애하므로 이제현은 신돈의 골상을 들어 경계할 인물임을 주청하였고, 신돈은 백방으로 이제현을 해치려 하였다. 뒤에 신돈의 본체가 드러나자 왕은 이제현의 선견지명에 감탄하였다. 6월에 조마 호약해가 명주사도 방국진의 사건으로 방물을 바치고 돌아갈 때, 시를 청하므로 오언시 1편을 지었는데 이것이 작시의 마지막이었다.
- 1367년 7월에 병으로 사저에서 졸하니 태상에서 문충공의 시호가 내렸다. 겨울 10월에 유사가 위의를 갖추어 우봉현 도리촌의 선영 아래 장사하였다가 1376년에 공민왕 묘정에 배향하였다.

原詩題目 찾아보기

옮긴이 **허경진**은 연세대학교 국어국문학과를 졸업하고,
같은 대학원에서 문학박사 학위를 받았다. 목원대학교 국어교육과 교수와
열상고전연구회 회장을 거쳐, 연세대학교 국문과 교수를 역임했다.
《한국의 한시》총서 외 주요저서로는《조선위항문학사》,《허균 평전》,
《허균 시 연구》,《대전지역 누정문학연구》,
《성호학파의 좌장 소남 윤동규》등이 있고,
옮긴 책으로는《연암 박지원 소설집》,《매천야록》,
《서유견문》,《삼국유사》,《택리지》,《허난설헌 시집》,
《주해 천자문》,《정일당 강지덕 시집》등 다수가 있다.

韓國의 漢詩 3
益齋 李齊賢 詩選

초   판 1쇄 발행일 1987년 12월 31일
초   판 2쇄 발행일 1996년 10월 10일
개정증보판 1쇄 발행일 2024년 8월 26일

옮 긴 이   허경진
만 든 이   이정옥
만 든 곳   평민사
           서울시 은평구 수색로 340 〈202호〉
           전화 : 02) 375-8571
           팩스 : 02) 375-8573
           http://blog.naver.com/pyung1976
           이메일 pyung1976@naver.com
등록번호   25100-2015-000102호
ISBN   978-89-7115-842-5 04810
           978-89-7115-476-2 (set)
정   가   10,000원